N^3

茵山外

我所受的傷

It Hurts
Yeh Yang

葉揚

目錄

推薦序

我常常忍不住看著葉揚，她太漂亮又太愛傻笑了。然後我會覺得，壞事發生在好人身上，其實是一件大事。因為她會讓傷痛長出安慰。——大A，作家

我看過葉揚之前的書，也常常看她在臉書上的文章，總覺得她是一個過得很開心，很正面，講話文字很有趣很好笑的人。我好訝異，原來，她也有這麼多的悲傷及痛苦！她用不悲情有時還帶著喜感的去敘述她的經歷，但是卻讓我心疼不已。心疼那個一直是帶給我歡樂的葉揚（還有彼得及羅比）隱藏下的痛苦跟難過……同時，那些感觸那些感覺句句刺進我心裡，感同身受。原來，不是只有我在心裡腦裡大哭時，卻要叫自己堅強。

這本書給了我勇氣，原來大家都在努力經歷自己的人生。這本書似乎幫自己抒發了內心的委屈，把悶在心裡的那些都抒發出來，就多了一些力量，然後再繼續往下走。

我要買給我的已婚好友、單身好友，因為不管你是在什麼角色，都一定會遇到這些低點谷底。但是不要害怕，因為大家都這樣的。你不孤單，一起加油。——**李維維，演員**

已經很久沒遇到一本，讓我明明沒時間看還硬是捨不得放下的書了，葉揚的文字讓人放下釋懷更勇敢，也讓我暫時不想揍小孩，謝謝葉揚！——**宅女小紅，媳婦界燈塔**

閱讀作者那些在日常中如影隨行的深沉悲傷，讓我們也揭開了自己以為早已消逝的傷痛，直視著傷口那好不了的痂，然後學習著一起努力，帶著動人的動章，繼續勇敢前行。——**路嘉怡，作家、主持人**

人生就是不斷的緣起緣落，感謝葉揚溫柔而堅定的力量，幫助自己、也將幫助其他相同遭遇的人，即使哀傷，也終將度過難關。

——**施景中，台大婦產科醫生**

以上推薦按照筆畫排序

二〇一八年一月，我發現自己懷孕了。

我的工作正步上軌道，我的先生，
喜歡穿著花花襯衫的彼得，
正在一間咖啡廳等我下班，
我在上甜點時把驗孕棒拿出來，
他很高興，我也是。

時間不能再更完美了，
第二胎寶寶將在大兒子羅比上幼兒園
後的兩個月到來，
我覺得自己的人生簡直是教科書題材，
倒楣的女人都會恨我的，我想。

那不過，是個錯覺。

1

只是不順利而已

先生在聽到醫生宣判的那一刻，眼眶就含著淚水了。

醫生指著我們從診所帶來的報告，直接說，這就是心內膜墊缺損，不是單純破一個小洞而已。

我只感覺到失落，好像大家都上車，自己被拋棄在路上的那種失落，而彼得眼眶的淚已經滿了。

「還要多做幾項檢查，」醫生說：「立刻排心臟外科會診，寶寶要開心。」

「啊？」

「出生後開心臟手術。」

「喔。」

「或者，」醫生眼神落在病歷上，他瞄了我的肚子，「妳現在才二十三周，要終止懷孕，也還來得及。」護士拿著一堆單子，要批價，要轉診，要去超音波室排隊。

先生在診間門外的角落哭了起來。

「慘了，」我說，「現在慘了。」

我頂著一個肚子，一直搓著手，很像一隻犯了錯的史努比，站在傷心的查理布朗旁邊，不知道接下來該說什麼。

在超音波室排隊的時候，護理師叫到我的名字，彼得跑去上廁所，檢查的人看見我，問說，「只有妳一個人嗎？」

我回答，「爸爸在上廁所。」然後就在幽暗的房間內爬上床。

彼得走進來時，濕著臉，眼眶還殘有剩餘的淚，他坐在旁邊的椅子上，摀著嘴，安靜地不說話。

這裡是大醫院，因此超音波室的檢查人員，不是剛剛的醫生，她不知道發生什麼事，在影像中，寶寶很活潑的揮手踢腳，超音波室的人便停在寶寶的臉，逐步放大，叫我們拍張照留念。

彼得拿出手機來，拍了兩張，又繼續哭起來。

「他怎麼了？」檢查人員指指彼得。

我帶著有點尷尬的語氣：「早上看診時，醫生說寶寶狀況不好，可能，不能生了。」

「喔？」

「是心臟，」我說，「好像不好。」

「不會吧。」超音波室的人把眼睛放回螢幕，她移動著探頭，歪著頭，「咦？我看過更慘的啊！」

下午，我們轉診到小兒心臟外科，外科醫生有一種氣勢，我們一走進診間，他就中氣十足地喊著，「怎樣？有什麼問題？」

我說明緣由，外科醫生調閱電腦裡的超音波影像，便豪邁地表示：「現在看沒用，到時生出來看，才準。現在照是隔著媽媽肚皮，然後寶寶的肚皮，才看到心臟，人心隔肚皮，很難講。」

我問，「寶寶有機會，在開刀後完全痊癒嗎？」

外科醫生抓抓頭，灰白的頭髮，髮質很硬，「嬰兒的心臟瓣膜，跟蜻蜓的翅膀一樣薄，不好修。先這樣，出生後先開一次，把肺動脈綁起來，等小朋友長大一點，六個月，再來，開心臟手術矯正，就好。」

他講得好像是你可以在早餐店先點紅茶，喝完一杯，再加點一份蛋餅一樣，一點都不可怕。

「不過，該做的事先做，你們現在先記得這個。」醫生拿出一張紙，寫下自己的手機跟姓名，「陣痛要生的時候馬上打給我，傳簡訊也可以，到時，我們小兒外科會過去在旁邊等。」在人生經驗中，我很少看到男人這樣大方又爽快地給我電話，我跟先生便趕快抓著那張紙，就像不會游泳的人抓住泳圈那樣捏著。

醫生看我們手足無措，便繼續說：「還好啦，這種的，出生第一天不會馬上有事，通常是第二天第三天，可能會心臟衰竭，到時再看看。」

我沒有辦法想像心臟衰竭的樣子是什麼。

醫生：「現在先發現也好啊，總比小孩出來臉黑掉，大家嚇得要命好，只要開兩次，可能三次……」

開開關關，像門那樣。

我本來一直抱著外科醫生搖著手說「這完全不用開刀吧」的幻想，破碎一地。

我鞠了一個躬，說了謝謝，彎腰下去的時候，覺得自己的心臟也跟蜻蜓的翅膀一樣薄。

會診完心臟外科，我們回到婦產科，婦產科醫生有疑慮，擔心是染色體異常造成心臟的破損，要做羊膜穿刺與羊水晶片檢查。

「先過染色體這關，才能想心臟手術那關。」

夫妻兩人坐在高掛高危險妊娠招牌的診間前面，默默無語。

排在我們前面一號的媽媽，在診間裡聽醫生說話。醫生說，水腦症確定，沒機會了。

接著便要家屬考慮，是否將寶寶的大體捐贈給醫院研究。

先是一個老阿媽走出來，她是產婦的媽媽，跟著的是產婦的妹妹，他們說自己是從彰化上來的，我聽見老阿媽絮絮叨叨用台語念著：「那邊說沒辦法，要來台北看，這邊也是沒辦法。」

我們都不喝酒，卻像宿醉那樣揉著頭，我的雙腳一直抖。

終於，在藍色的塑膠椅上，護理人員叫了我的名字。

我站起來，打破沉默：「台大醫科都是榜首才能念的科系。」

彼得問：「什麼？」

我看著地板，下定決心地繼續說：「我想，是時候，讓我見識一下這些榜首的本事了。」

*

一切都停擺了，原本正在找的月子中心，計畫好的生產診所，約定好要拍孕照的攝影師，很多事情，都變得無法觸碰。連妹妹從國外買回來的粉色小洋裝，都先擱置在一旁。

我後來才發現，原來我並不是所謂堅強的人，我只是反應比較慢。

我第一次哭，是確診後的晚上，在客廳裡，我記得自己坐在地板上看電視，廣告時間，我先是說，怎麼會這樣，接著眼淚就一大片地流出來，我一面哭一面說，為什麼，我不明白為什麼會這樣。

隔天我哭了八次，第三天又哭了五次，忍不住的時候我會大步走到廁所裡，用衛生紙壓住眼睛。

輾轉找了認識的先天性心臟病的病童父母聊，「我很害怕，我跟我的家人都很害怕。」

「沒關係，只要醫生不怕就好。」他們實際地表示。

我每天都在研究先天性心臟病，想哭的時候，就一直勸自己，要相信專業，要相信奇蹟，就像一篇採訪文章說的，讓人做人的事，神做神的事。我既然不會開刀，也不會分開紅河，還是好好的做個母親，吃該吃的食物，定時好好睡覺。

我的意志就像一台遙控器，在不同的頻道裡轉來轉去。

為什麼呢？

當醫生說我們會死的時候，我們都信，但當醫生說會好的時候，我卻怎麼也不相信呢？

把壞消息一一通知長輩。

公公婆婆趕緊去廟裡，雙手抱著金紙，希望能為我們做些什麼。我記得自己小時候，曾經摔斷牙，妹妹則是手骨折，這兩次醫生都建議立刻手術，但我的媽媽很抗拒開刀，她總是說，「開什麼刀，把小孩子固定好，我們要回家。」這次也不例外，媽媽聽到胎兒出生要開刀，她的第一反應也是，「開什麼刀，妳有沒有問醫生，如果不開刀，要怎樣做才會好？」我的爸爸則是說他很難過，「平常，我喝四瓶啤酒就能睡，聽到消息的那個晚上，我眼睛張得大大的，又出門買了四瓶，才發現，已經早上八點了。」

有些話，我這一生可能都不會再說了。

像是我經常自鳴得意地表示，所有撲克牌遊戲中，我最擅長的是心臟病。像是我曾經寫過一段文字，談到，每個人心中，都有一個洞。像是三歲的大兒子童言童語，說他在客廳看到肚子裡的寶寶在畫畫，我便戲稱這個寶寶是鬼娃恰吉。

當我看著海報，恰吉身上都是刀疤時，我覺得這一切，都是我的錯。

*

做完所有檢查，便回去上班。

現在能做的事不多，只有簡單三樣：每天吃得健康均衡，散步三十分鐘，保持心情愉快。

我吃了一堆番茄，還有雞蛋。公司下面是個百貨公司，每天下班或是午休時間，我就在那裡走來走去。我走得很快，只能看看櫥窗的展示，那些珠寶服飾好漂亮，我也突然變得好有時尚概念。

心情不好的時候，我就想想，我這一生，直到現在，在我很不怎麼樣的時候，很多人都給我機會，所以，如果可以，我也要給寶寶這個機會。

同事幾乎是噙著淚水，聽我的經歷。

我找了一位小時候開過心臟手術的同事談談，她是個年輕的女孩子，看不出生病的痕跡。

「那時候我已經五歲了，突然昏倒，送到醫院才知道心臟有洞。」

她說：「我只記得在醫院裡，大人的頭擠在上面，每一個人都在看我。媽媽很傷心，很在意我的傷疤，但我覺得很酷，而且朝會的時候，我都不用曬太陽，可以躲在樹蔭下。」女同事比了比胸口上的疤，臨走的時候她提醒我，「記得，只要妳把這件事弄得很酷，小孩就會覺得很酷。」

下班的時候，在等電梯，有個男同事指指我的肚子說，「到時候，等她長大結婚，在婚禮當天，妳就可以講這件事。」

那是我第一次，想著肚子裡的孩子，有天會長大成人，或許會穿上白紗，然後我會給她一個擁抱。

我在沒有任何人看到的地方，流了眼淚，這次是喜悅的淚水。

＊

還是提起了勇氣，去諮詢另一位婦產科醫生。

醫生說，一切都要取決於父母，新生兒開刀，住院，併發症，「你們要想清楚，這些事情是不是你們可以承受的？」

他是第一個，沒有信心滿滿的人。

「如果羊水檢驗出來，染色體有問題，基因突變，這個心臟問題就不會是唯一的問題，那時候，應該所有的醫生，都會建議終止妊娠。」

我問，「如果不把孩子生下來，接下來該怎麼做？」

「引產。」醫生眼神裡沒有一絲閃躲：「妳生過一次孩子，這個會容易一點，一天之內應該會結束。」

我沒有哭。

我跟先生說：「如果寶寶真的不行，有多重問題，這個痛苦就讓我來面對。」

彼得沒說話。

我繼續說：「請不要覺得這是最糟的結果，所有的結果，都是好結果。」

晚上睡覺前，我靠在床邊跟兒子說話。

我：「媽媽，有時候心情很難過，覺得想哭……」

羅比：「是因為，因為爸爸罵妳嗎？」

我搖搖頭：「不是。」

羅比：「那，有，有誰罵妳嗎？」

我：「也沒有……我只是過得不太順利……」

只有三歲的兒子，這時用非常正直的眼神看著我，「妳沒有錯，就沒有關係，不要難過。」

我：「啊？」

羅比給出肯定句：「有人罵妳，才是有錯。沒有人罵妳，就是沒有錯。」

我：「喔，可是我偶爾還是會難過……」

羅比淡淡表示：「別，別難過了，妳沒有錯，只是，不順利而已……」

*

一份愛裡面，也有它的宿命。

半夜，婦產科醫生傳了簡訊來，「難以啟齒，非常遺憾。」醫生說，他收到羊水檢查報告了。

直到隔天早上，我才看到簡訊，我走到廁所，一大清早，先生正在刷牙，一面用另一隻手在玩手機遊戲。

「你在幹嘛？」我問。

「刷牙啊，」他一副很理所當然的表情。

我開不了口，接著彼得漱漱口，走到廚房，「我幫妳熱了滴雞精，等一下就可以喝。寶寶心臟要長肉……」

這時我才轉頭，告訴先生剛剛收到的訊息，我不會忘記，他站在那裡，端著雞精，一動也不動的表情。

*

上午，做了最後確認，第十八條染色體出了錯——愛德華氏症。

下午，就住進病房，開始引產的程序。

我打給媽媽，在電話裡哭，媽媽只說，「妳不要怕，知道嗎？不要怕。」

門診醫生說，寶寶周數比較大，出生後可能還會活著，與其這樣掙扎，我們從肚子先打一針，讓寶寶心跳停止，之後再去病房等生產。

我不知道。我說，我不知道。

醫生安靜地看著我。

「我可以等，等寶寶自己生出來嗎？到時候，到時候再看看……」

醫生緩緩地，用堅定的口氣說明：「這是愛德華氏症，寶寶不一定能活著生下來，會死在肚子裡，就算生下來，預後很差，可能癱瘓，可能腦部有狀況，會有很多問題，預期壽命只有幾天或是幾個月，對孩子也很辛苦。妳知道嗎，婦產科這些先進的技術，妳做的所有檢查，就是要抓出這樣的胎兒缺陷……這個時候，妳要面對……妳要去面對……」

我不說話，抿著嘴，我知道醫生是對的，可是我想要反駁，我就是很想要抗議些什麼，只是議題不明。

「不然，妳再想一下，門診結束之前回來。」醫生接著補充，「在這之前，你們可以先去吃點東西。」

醫院樓下有一間親子餐廳，我們點了草莓霜淇淋，胎動還在持續。

維基百科寫著：愛德華氏症，發生率約為八千分之一，為無法治療之疾病，有生長遲緩及嚴重缺陷，因此在懷孕早期即會自然流產，如果能超過十周的胎兒也有百分之八十五會在出生前胎死腹中，只有約百分之十五的胎兒可能存活到出生，有水腦、心臟缺損、肚臍膨出、腎水腫、握拳的手等，出生後的嬰兒有半數會在一周內死亡，百分之九十在一年內死亡。基於優生保健及保護母親的理由，只能建議母親終止懷孕。

冰淇淋送上桌，粉紅色的圓球。

「我們倆，大概是吃草莓霜淇淋的人類中，心情最差的。」我說。

*

那一針扎下去，我知道我失去她了。

我走出診間，走進廁所裡，把門鎖上，趴在門板上。

曾經聽過別人說，至親離開，自己的一部分也跟著他走了，終於我對這句話，有深切的體會。

醫護人員輕聲細語地把我送進病房。

每個敲門進來的人，都對著我們，露出遺憾的表情。

有幾個文件要簽，其中有一張死胎證明，護理師輕輕地把葬儀社的名片推了過來。

我本來已經做好為寶寶赴湯蹈火的準備，可惜沒有機會。

一夜的陣痛，早上九點二十五分，我用力兩次，她便輕易地隨著羊水一起出來，第一次見面，也是最後一面。

護理師問，妳要抱抱她嗎？

我先是拒絕，便遠遠看著寶寶裸身躺在旁邊的小床上，紫色的皮膚，小巧的側臉，動也不動。

「還是，還是讓我抱一下吧。」

她被粉紅色的毛巾包起來，像隻泰迪熊一樣送進我懷裡。泰迪熊都長好了，有高高的鼻梁，細細的睫毛，瘦小的身軀。我一時語塞，只好跟寶寶說了一樣的話，「妳不要怕，知道嗎？不要怕。」

三十五歲的我，和六個月的妳，我們這樣抱著一起，是不是也算有始有終。

*

我跟寶寶說了再見，下一次，希望妳也有哭。

我被推出手術室，身分變成了死產產婦。

在凝重的氣氛裡，我們開了第一個玩笑，就像術後放了第一個屁。

起因是一場演唱會，幾個月前就買好了票，陳曉東，我少女時的偶像明星，但演唱會跟引產的那一天，是同一天。孩子沒了，我本來執意要去，讓妹妹陪我，當作好轉的第一步，當然沒人支持。

爸媽來醫院探望，我跟爸爸說，還好沒去，本以為自己沒事，但下床走了幾步，便天旋地轉，看到旁邊的人，都有殘影。

爸爸回答：「那妳真應該去演唱會的，別人只看到一個陳曉東在台上，妳可能看到一百個，多賺啊。」

我帶著這個笑話與疲累，在深深的夜裡，無夢地睡著了。

寶寶，我會替妳活著的，本來準備給妳的機會，先放在我這裡。生活不會總是無情，只是不順利而已，我想會有別的好消息要來。

我還在等。

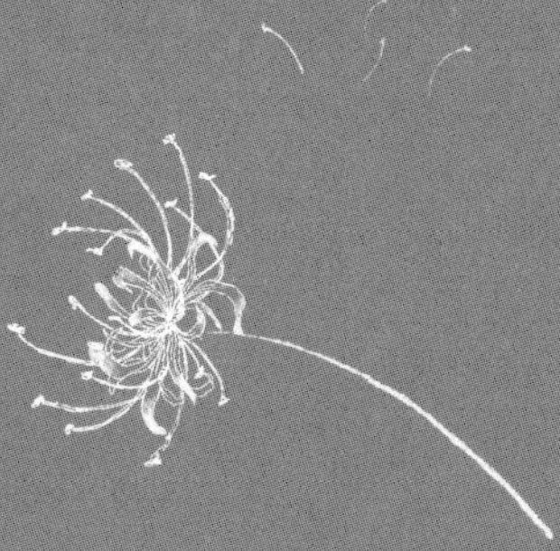

2

你要往天上看

親愛的寶寶：

爸爸要去廟裡替妳祈福，我還在臥床，只能寫封信給妳。每個人，都有自己處理心情的方法，媽媽除了哭，也想跟妳說說話。

妳好好的嗎？現在。

其實我每天都問自己，讓妳離開，是不是做錯了決定？妳出生的時候，外觀就像個正常的寶寶，只是縮小很多，連醫生都搖頭說，「這真的不像是愛德華氏症啊。」

可是妳已經離開了。

坦白說，我不確定妳去了哪裡，妳那麼小，那麼脆弱，卻選擇了那麼困難的路。我只希望，過程中，妳沒有受太多苦，不會覺得孤單寂寞。

妳離開的時候，是夏天，請跟著陽光走。我替妳取了名字，叫做明朗。

懷妳的時候，好多醫生給了好多意見，一切都不太明朗，但我希望妳有個明朗的人生，媽媽也因為妳，現在看事情，不論好壞，有更明朗的角度了。

人生有時候很難，沒有辦法親手抱著妳，照顧妳長大，我只能面對這個現實。

我會記得妳，記得妳小小的鼻梁，妳沉思緊閉的眼睛。

我這一生，會常常花時間想妳。

而每當我不努力活著的時候，我也會因為妳，重新開始再努力。

親愛的寶寶，媽媽在這裡祝福妳。

日日夜夜，妳永遠都是我的寶寶，也因為想念，媽媽依然和妳在一起。

媽媽敬上

＊

跟這封信相反的是，我並沒有時時刻刻努力活著，事情發生後，我的世界斷成兩半，分成之前跟之後，寶寶死亡，是分界點。

after.

我看見一個朋友，在網路上轉載一則勵志短文：「當上帝幫你關上一扇門，又沒有替你開另一扇窗時，就代表祂要幫你開冷氣了。」大部分的人都笑了，但我注意到下面有人留言表示：「也有可能上帝要替你開的是煤氣。」

我的人生，有很多扇門——像是出生、入學、畢業、工作、結婚、生子……

而這一次，我打開了失去孩子的那扇門。

before.

在診間，躺在綠色床單上的我，露出了一大塊肚皮，上面塗滿了優碘。

醫生問：「小姐，妳是做什麼工作的？」

我：「什麼？」

那時我剛剛得知肚子裡的孩子，心臟破了一個洞，醫生一面抽著羊水，一面看著我的臉，他想了一想，接著說：「妳還可以笑，所以我在想，妳似乎對事情的容忍度比較高，或許這跟職業有關……」

報告長官，我是一個業務，大部分時間都在推銷，不論是傷心難過得意忘形害羞落寞，基本上，晴天雨天我都可以笑。

＊

after.

我看見兩個人。

一個是在人前故作堅強假裝沒事的我，另一個是躲在被子裡，好像剛剛肚子挨了一拳的人。

這個挨了一拳的人，防衛心很強，變得很敏感，不能接受別人說，再生一個就好，別難過，很快，把身體照顧好，下一個就來了。

我又不是自動販賣機，上個銅板被吃掉，可以再投一個試試看。

昨天還為了這個跟先生冷戰。

無來由的，彼得在車上問，「欸，如果再生下一個寶寶，還要用原先妳為這個寶寶取的名字嗎？」

彼得轉著方向盤，一派輕鬆狀。

「嗯？妳覺得咧？還是不要？」

這個寶寶、下個寶寶。

我在車上不說話，到底氣什麼，也說不出來。

其實別人怎麼說都可以，但他不行。

我很怕，我很怕隨著時間過去，只剩下我會記得妳。

大概是這個原因。

before.

引產的那一天，我本來要去開會。

老闆不在，我是當地區的代表，本來是非去不可的會議，但早上看到醫生昨夜傳來簡訊，「羊水報告出來了，結果比我們想像得還糟，胎兒不只心臟破了一個洞，她的染色體有重大缺陷，存活機率幾乎是沒有，留不住了。」

有一則笑話是這樣的——

一位婦產科醫生跑去跟即將成為人父的先生說：「我很遺憾，你太太剛剛生出了一顆十磅重的眼球！」

先生放聲大哭：「天啊，怎麼會這樣？這太糟了，這世上還有比這更糟糕的事嗎？」

醫生拍拍先生的肩膀，接著說：「喔，那顆眼球是瞎的。」

在醫院領取報告的時候，我一直跟醫生道謝。

這也是業務的精神之一，不論結果好壞，道謝總是必要的，我忍不住鞠躬，鞠了又鞠，直到醫生說，「妳不要說謝謝，我幫不上忙，我沒有幫上忙。」

我們簽下同意書，在門診打了一針，長長的針頭垂直地往肚裡刺，寶寶就不踢了。

接著是住院。

等了一夜，子宮頸鎖得緊緊的，羊水也沒破，護士說：「因為母體很健康啊，子宮認為時間還沒到，堅守著城門耶。」

我知道護士是想要安慰我，留得青山在，孩子再生就有。可是我的孩子不會動了，城門裡是一具屍體，我只覺得自己是殺人魔，揮著刀。

痛了一夜，太陽升起的時候，我有一種從中間裂開的感覺。

我按鈴，護士跑過來。

「我要生了。」我說。

產房有種肅穆的氣氛，幫我接生的，是另一位醫生。

「很難過吧？」他戴著白手套，坐在我的下方，抬起頭問我。

我點點頭。

我不光是為自己難過，我是發現妳，我的孩子，妳什麼都沒有過，連一口氣也沒有吸，像一陣煙一樣，比一陣煙還不如，我替妳很不甘願。

用力了兩次，孩子生下，我看見她的後腦勺，鋪著濕濕黑黑的一層毛髮，手術室的燈光直直地照著我的下半身，護士把孩子擦乾淨，「要不要抱一下？」

會不會我的下半生也是這樣的？

刺眼的光線，沒有孩子在哭，沒有大人在笑。

*

after.

寶寶火化的日子到了，我斷斷續續哭了幾次，全都是因為她真的，被火燒掉了，變成粉了，不能挽回了。

先生說，葬儀社寄來照片，是寶寶穿了衣服，躺在小棺材裡，旁邊有一隻小熊。

怎麼妳的衣服、妳的玩具，是葬儀社幫妳準備的呢？

「葬儀社人很好耶，還叮嚀說要媽媽這陣子不要一個人往廟裡去。」

「為什麼？」我問。

彼得抓抓頭：「他說一個哭哭啼啼的女人在廟裡走，很容易被騙。」

車子行進著，左轉至一條窄巷，啊，走錯了，彼得開始倒車，我坐在裡面，覺得無處可逃。

「照片在哪裡？」我問。

「什麼照片？」

「你說葬儀社有拍一張寶寶躺在棺材的照片。」

「妳還是不要看比較好。」彼得搖搖頭。

夜裡，我做了一個複雜的夢——在夢中，一切發生的事，不過都是一場夢，我醒過來，胸有成竹地拍拍自己的大肚子，沒事，寶寶還裝在裡面，會動。

*

before.

懷第一胎時，彼得和我，是天真無邪的父母。

我記得當時夫妻倆最大的擔心，是寶寶生出來以後，會被育嬰室的人搞錯，所以我們認真討論要不要在寶寶出生時，拿馬克筆在他的腳掌上簽個名。

某個尋常晚上，我吃完飯，夾雜著孕吐的不適，盯著電腦忙著回信，羅比騎著小車，在客廳裡滑來滑去。

為了吸引我注意，他對我說：「媽媽，妳，妳有快遞。」

我問：「什麼快遞？」

羅比：「是一個飛吻喔，來，來簽收吧……」

我驚訝地問：「是誰送的？」

羅比神祕地親了我一下，又笑笑地騎走了。

我追問他：「喂，是誰送我一個親親？是不是你？」

他內向地看著我，接著揮揮手：「我，我不知道，因為，因為我只是一個快遞……」

那時我不知道，再過一個禮拜，媽媽就沒有妳了，那個飛吻，寄件人是不是妳？

*

after.

家裡來了個風水老師，給予六神無主的我一些協助。

他拿著羅盤，給了家具擺設的建議：「會發生這些事，都是有原因，妳家的格局啊，大門正對著大馬路，留不住財，也留不住人，要在前面這扇窗，放盆植物擋一下。」

「好。」

接著談到度化嬰靈。

老師要先生去廟裡，擲筊，請掌管地府眾生的地藏王菩薩作主，跟嬰靈溝通，看看孩子要多少蓮花跟紙錢。

「媽媽不用去嗎？」

「等妳元神恢復，惡露排盡時再去。」

我們討論了一些細節，突然風水老師皺著眉頭，喃喃自語：「所以妳的意思是，小朋友先是被打了一針停止心跳，然後等到隔天才被生出來嗎？」

「對。」

「唉，這樣在廟裡要怎麼寫往生的日期？」

「……生有時，死有時，要順其自然，不要強行介入。」

我像做錯事的孩子，低著頭，把手搓得紅紅的。

早知道，我一定買個特大號盆栽，擋住所有的窗戶，或許這樣，就能留住妳。

before.

上一次面對死亡，也是很久以前了，那時候我的阿媽死了。

我以為人總是會經過生老病死，但這次不同，妳才剛剛生，就死了（或者說妳是先死了，才被我生出來）。

怎麼順序會這麼奇怪呢？

我不會忘記那一天，寶寶帶著紫色皮膚，從我肚子裡出來的那一天，我還是覺得她長得滿好看的。

事後彼得還跟醫生要出生時的照片，他說要留著，作紀念。

在診間，醫生拿出手機加了彼得的 Line，接著兩人就並肩坐著選照片。

「這張好嗎？」

「好啊，傳給我，這張也要。」

「這幾張可以嗎？」

「還有別的嗎？」

我在遠遠的，看著他們。

醫生問：「你們有宗教信仰嗎？」

我們搖搖頭：「不算有，怎麼了嗎？」

醫生解釋：「我覺得你們兩個人滿堅強的，想說是不是有信仰作後盾的關係。」

其實我常哭，但我哭都是因為不能忍耐。

身為一個母親，自己要受多少傷，都可以忍耐，我不能忍耐的，是她怎麼就這樣被剝奪，連一眼都沒有機會，看一下這個世界？

看一下這個世界裡的好的壞的，這是一個有壞人把女生分屍，也有等級很高的泰式按摩的世界。

每一天，我都過著差一點就幸福快樂的生活，什麼都差了一點。

也是因為這樣，我活得很真實。我恍恍惚惚地感覺到，這個世界裡面，那些好的壞的，原來都是真的。

*

after.

狀況一下好一下壞，清晨醒過來時，有重感冒的嫌疑。

第一胎坐月子時，忙著餵奶、拍嗝、換尿布、洗奶瓶。

這回，我不知道自己要做什麼，一般人的上班時間，沒有什麼動態更新，就只好讓網路廣告一直抓著我，把我拎到各處結帳買東西。其中家居用品為多，可能是失去雛鳥的媽媽，還停不了築巢的關係。

彼得出門前說，「妳應該出去走走，外面天氣很涼爽。」

「真的嗎？」我問。

他扮了個鬼臉：「好吧，其實天氣很熱，不過我這是善意的謊言。」

我不想見人，只要一見人，我就得依序一一解釋發生的事情，跟我的感受。

妳還好嗎？
妳好多了嗎？
怎麼會這樣？

我不知道自己還能說幾遍事情的前因後果，只好躲在家裡。躲在家裡的時候，我都邋遢地穿著同一件長睡衣，睡衣上印著一隻很友善的貓咪。

難面對的，還有那些有點距離的人。

那些打電話過來，問妳要不要考慮換房的人；替妳做孕婦按摩的人；邀請妳賞車的人；幫妳剪頭髮的人。還有樓下的管理員，出院回家那一天，他問我，周末去哪裡玩啦？

之前我在網路上買的孕婦裝寄來了，我鼓起勇氣退貨，對方來訊息詢問退貨原因，「因為我的寶寶沒有留住。」我坦白承認：「所以短時間內，大概不需要孕婦裝了。」

「謝謝，請好好休息。」他們簡短回覆。

休息的時候，我打開信箱，回了公事相關的幾封信。

有時候，我真希望自己單純就是個業務就好了。

業務會在開季的時候努力，失敗過後依舊大步往前走，在不順利的時候，業務可以厚著臉皮罵髒話，總找得到藉口怪環境怪別人。

而且，有經驗的業務，絕不會為了已經過去的同一件事情，邊想邊哭個不停。

before.

從一個河堤，到另一個河堤，彼得騎著腳踏車，前面載著三歲的羅比，我坐在後座，頂著大肚子，讓風吹著臉。

彼得抱怨道：「多載了妳跟妹妹，電動腳踏車好快就沒電了。」

那是所有問題都還沒有開始，所有醫生都尚未診斷的一天。

隨著腳踏車向前滑動，我想，不久的未來，我們要有更多的房間，更多的裙子，在那一刻，我的思考都是粉紅色的，座椅的一前一後，我兩個孩子的皮膚，也都是粉紅色的。

*

after.

我待在家，翻開一本童書，書名叫做《勇氣》。

書裡說，勇氣有很多種——

勇氣，是向別人解釋全新的褲子怎麼破了一個洞。

勇氣，是夜晚屋裡傳來怪聲，你覺得要自己去查看一下。

我提起勇氣出門去按摩。

熟識的櫃台小姐問：「呦，妳怎麼這麼快就生了？」

「發生了不好的事，不過我沒事。」

本來只有一個小姐，但一個兩個三個，她們聚集過來，用同情的眼神看著我。

「我年輕時，也流產過。」替我按摩的阿姨，在昏暗的房間幽幽地說：「能好的，都好得差不多了，不能好的，大概也就不會好了。」

我把頭塞在按摩床的洞裡，想起書裡的最後一句話：「勇氣，是在必要時說再見。」

now.

我跟兒子說：「妹妹不在了，她去了天上，我想到就很難過。」

羅比回答：「我也很難過。」

夜裡，羅比把原本要送給妹妹的音樂盒拿出來，那個音樂盒還能投影，他把燈關掉，搖籃曲的音樂流動起來，有一隻咖啡色的小猴子，映在天花板上。

「你要做什麼？」

羅比拿了被子來，鋪在客廳，要我一起躺著，音樂很輕很輕。

寶寶睡，快快睡，媽媽永遠，愛著妳……

我之前總是故意反著唱：「媽媽睡，快快睡，寶寶永遠，愛著妳……」如今這樣唱法，卻逼得我得吞著淚。

羅比指著上面，「媽媽，往天上看。」他說，「妳要往天上看。」

「好，我看看。」我瞇起眼睛，試著把天上所有的角落，都努力看一看。

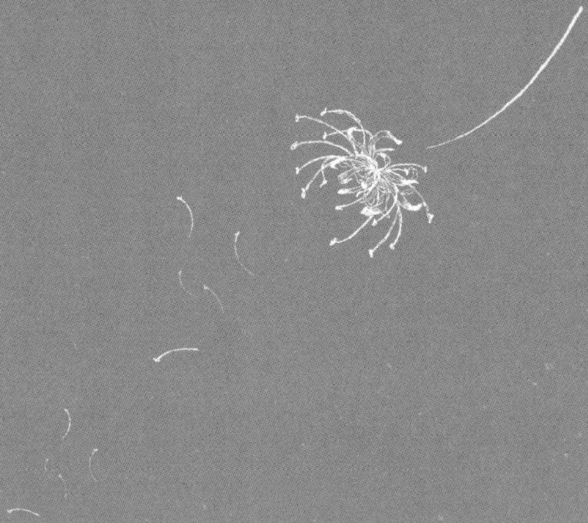

3

只為吻你才低頭

在翻找著舊物，無意間看到一份短短的心情筆記，躺在抽屜裡，上面有我潦草的筆跡——

「那天是夏天的某一天，我看見了她，但她沒有看見我。她閉著眼睛，原來她是一個沒有未來的孩子。」

我這個人有個問題，就是不能把東西收好，寫好的文字，日常記錄的心情，東一本西一塊的，四散在各處，時間序列不明，就連放在電腦中，也不會好好歸檔。因為這個毛病，每每我在無意間看見自己的短文時，總有一種陌生的感覺。

算起來，我懷過兩次孕，生過兩次孩子，一次成功，一次失敗。懷孕這件事，在婚後的第三年到第五年裡，佔據人生中很大的一部分，我把這些四散各地的心情收集起來，放在一個綠色葉子的盒子裡，才發現雖然大家都沒有說，但其實當媽媽這件事，是很徬徨的一個過程。

我想著，如果，她是一個沒有未來的孩子，至少，用力擰一擰，還有一些過去吧？

＊

或許是二月寫的一張小紙條

在兩個會議中間，我跑去廁所驗了尿。

等了一陣子，伴隨著冷氣運轉聲，我看見驗孕棒輕輕浮出兩條線。

我一個人在公司裡，看著這件事情發生，也應該說，坐在馬桶上的我，看起來是一個人，其實已經在無聲無息中，變成兩個人。

好棒，你終於來了。

*

去年的一個檔案：健檢紀錄，那時很快樂

朋友建議我去驗血，可以知道自己的生殖能力，看看自己距離終點站，還剩多少時間。

上午驗血，下午報告就寄到信箱裡。

檢驗顯示我的卵巢功能不佳，我帶著一堆英文數值的紙張，跑去婦產科諮詢，「年紀慢慢大了啊，卵巢是不會說謊的器官。」醫生悠悠地表示。

我不服氣，逼先生也去檢驗他的部分。

「這世界又不是只有我一個人在老化，說不定你也有問題，你一定也有問題。」我說。

彼得：「我才沒有問題，我年輕力壯。」

我指著彼得的臉：「我怎麼看就覺得是你有問題，你是有問題的老人。」

幾天後，彼得很緊張，被我強壓進婦產科診所，他坐在椅子上，像個犯人一樣，聽取護士小姐說明，我們得到一張取精的注意事項說明單，一個有蓋子的小杯子，事後彼得很高興地跟我說：「護士小姐說，可以回家取精，不用留在這裡。」

這是專屬於斷頭台上男人的小確幸，然後我們就回家了。

唐三藏前往西方取經的那一天，我們一整天搞得跟兒子畢業典禮一樣。行事曆上只有一件事——就是彼得要依規定完成任務，不得有誤。

彼得先是在家裡，故作鎮定地看了一會兒電視，放鬆一下，接著就深吸一口氣，下定決心地跑到房間裡面去。

中間很安靜，我很想突然跑進臥房裡看看他在做什麼，卻又不想花錢檢驗一堆受到驚嚇的精子。

一段時間後，彼得神情緊張地從臥房裡跑出來，說好了好了，快點快點。

我問：「急什麼？」

「要趁新鮮，那個單子上說二十分鐘內，要趁新鮮把檢體送到檢驗所。」

「喂，給我看一下那個小杯子。」我要求。

彼得突然害羞起來，「不要啦，沒有什麼好看……」

我看著彼得小心翼翼地保護著那個小杯子，一頭亂髮，兩隻腳慌張地跑來跑去，害得我自己也跟著緊張起來，抓了外套，我們就立刻衝出家門。

彼得開車的時候，把小杯子放在肚皮上，用衣服蓋住，「要保持在體溫比較好。」

「那你應該夾在腋下，」我建議，「腋下體溫很高，包覆力又強。」彼得煞有其事地想了一想，接著拒絕：「算了，我覺得，還是讓它們離原來的地方近一點好了，家是故鄉好。」

於是我只能看著彼得，帶著它（們），坐得斜斜的開車，一面轉方向盤，一面讓小杯子能夠以最大面積，安然地躺在肚皮上，那個動作非常畸形，我只顧著在一旁笑，事後想起，有點後悔沒有為他拍一張照。

終於，我們成功將小杯子，在規定時間內送去檢驗所，夫妻兩人把車停在路邊。

「好像打仗。」我說。

彼得則是沉沉地，吐了一大口氣。

*

一張長方形的便利貼，密密麻麻條列了一些很勵志的小語

不知道為什麼，這個月覺得自己好像懷孕了。

有一點反胃的感覺，全身上下也都熱熱的說不出原因。

我非常非常想要懷孕。

不過，今天鼓起勇氣驗孕，結果是沒有，乾乾淨淨的一條線，基礎體溫也迅速地降下來了，心情上當然是有點沮喪。

等待的日子很長，不知道還要等多久，所以我在上班的列車上，想要列出即使沒有懷孕我也是非常感謝的事情——

一、好好享受人生跟目前的自由。
二、全心全意去愛意見很多的羅比。
三、我要再去染頭髮，染很奇怪的顏色。
四、終於可以去嘗試兩人四手全身按摩，這次要找使盡全力的按摩師。
五、絕對要泡澡，用過分的香精油，跟燙死豬的高溫水。
六、專注在寫作目標，練習當一個小說家。
七、好好地照顧身體，不只是為了生孩子，而是為自己。
八、我要漸漸到達不需要新東西出現就可以開心的階段，不再用力去追求所謂世俗的成功跟圓滿。

九、想要去旅行，去遠方。

十、我想，等我終於得到另一個寶寶時，我會因為這份難得而更加珍惜。

*

好久好久以前，生完羅比的那一個月

在月子中心時，有一天，護理師神秘兮兮地交給我一張量表，要我填好交回。

是關於產後憂鬱症，詳細名稱叫作「愛丁堡產後憂鬱症評估量表」。

我不當一回事，還不小心弄丟了一次，護理師又給我一張。

晚上，我累得舉不起手來，請彼得幫我勾選。

彼得朗誦著題目：

「葉揚女士，請您評估過去七天內自己的情況。我能看到事物有趣的一面，並且開懷大笑——和產前一樣／沒產前那麼多／肯定比產前少很多／現在完全不能。」

「和產前一樣吧。」我說。

「我能欣然期待未來的一切。」

「沒產前那麼多。」我回答，「我不當業務了，又沒有獎金，現在要期待什麼？」我開著玩笑。

彼得說：「可是我很欣然期待耶……」

「愛丁堡沒有問你，你不用回答。」我翻了翻白眼，「下一題。」

「我很不快樂，而且失眠——從未如此／偶爾如此／時常如此／總是如此。」

「應該是我失眠，所以很不快樂。」彼得扭了扭臉，露出煩惱的表情：「那這樣是要怎麼勾？」

「隨便你……」

「嗯，應該是從未如此，妳這個人越不快樂越能睡……」

就這樣，題目一題一題地過去。

「欸，這題在問妳生小孩之後，會哭泣嗎？」

「偶爾如此喔。」我說。

「真的嗎？」彼得很驚訝，「什麼時候？妳什麼時候有哭？」

「擠奶擠得要崩潰的時候啦……」

我說謊。

其實是有一天下午，羅比跟我在房間的時候。羅比很乖，躺在床上揮舞著雙手自己玩，那時我們還沒有替他想好名字。

我看著他的樣子，張著眼睛東張西望，跟剛剛在嬰兒室一樣。

月子中心有嬰兒監視器，讓每個媽媽在房間裡的時候，也可以用電視螢幕看到自己的寶寶，每次我轉過去看，看到羅比睜開眼睛，一臉很孤單的模樣，我就會忍不住去把他推到房間來。

然後我想到——

等他二十歲的時候，我就五十歲了。
等他五十歲的時候，我就八十歲了。
等他八十歲的時候，他就沒有媽媽了。

那麼，當他躺在床上一動也不能動，覺得很寂寞的時候，誰去把他抱過來？

我居然就這樣哭了。

為了八十年後，我的寶寶萬一沒有人愛了怎麼辦這件事情，很傻地哭了起來。

其實這哪裡是產後憂鬱症？

這是愛著一個人，卻發現自己的無能為力，之後的深切體認。

我終於明白父母在孩子結婚的時候，那個快樂又感慨的眼淚。

親愛的羅比，如果媽媽可以長生不老，當然要照顧你一輩子。

可是媽媽不能，所以到了一個時間點，我願意站在旁邊鼓掌，給你祝福，把你交給另一個人。

希望我的寶寶，也能順利找到另一個寶寶。
這樣就算我不在了，知道他不會一個人，在天上的媽媽才不會捨不得。

*

壓在一推雜物底下，說明產後好難的一段內容

有件事情我非說不可，懷孕時，總以為當媽媽最難的部分就是生產，其實並不是。

產後第一個月，我的人生是這樣的——
下午五點十四分，寶寶打完嗝。
再餵兩次奶，今天就結束了。

我從來沒有以這樣的單位來計算時間，連想都沒有想過。

但是一切都改變了。

雖然這樣的形容很通俗，不過卻是真的，當孩子生下來以後，一切都改變了。

原本在心裡的，那些雄心壯志，像剛剛結束的雨季，只留下潮濕的味道。

我措手不及地從某一天開始當了母親，日子變得重複起來，擠奶，餵奶，拍嗝，換尿片，陪寶寶玩，哄寶寶睡，吃點東西，然後趕緊睡一會兒。

前幾天我連出去看牙都用跑的，不為別的，只是要趕在脹奶前，衝回來。

說到這個，談談母奶這件事情。

生產完的第一天，我一直以為自己沒有奶。醫護人員來了幾次，試著替我按摩乳房，沒有任何反應，我想我的身體裡大概沒有所謂母奶這種東西，剛剛成為媽媽的我，對於身為母親應有的責任感覺還很淡薄。

「沒關係，喝奶粉也可以，」我說。

直到第四天的清晨，我被胸口的重量痛醒，這才發現自己的乳房如過期的全麥麵包般僵硬，我坐直起來，連後背都痛，裸著上身照鏡子，望著自己都認不得的身體，天才微微亮，不知道該如何是好。

早上八點，實在痛得難以言喻，只好請月子中心的護理師幫忙，我坐在椅子上，她跪在我前面，小心翼翼地沿著乳腺分佈，替我按摩。

「那個……妳要不要坐在椅子上……」我問護理師，讓她這樣跪著，實在很不好意思。

「沒關係，」她搖搖頭，態度親切，「這樣按比較順手。」

那一次她全程跪姿按了四十分鐘，只擠出了8CC，黃澄澄的濃稠液體儲存在針筒裡，一滴一滴地餵給寶寶喝。

後來的幾天，我因為那捉摸不定的鋼鐵乳房連續求救了四次，護理師輪番上陣，跪著按、坐著按、躺著按……很痛的時候，我只能把頭扭來拗去哇哇哇地亂叫一通，才漸漸從8CC變成30CC出來。

母乳這條路沒有速成，一切只能保持心情愉快，放輕鬆，慢慢來。

每次看到別人的照片，母親笑嘻嘻地抱著新生兒，表情幸福洋溢，讓我以為當媽媽很簡單。

現在換自己了，才明白，天啊，怎麼有這麼多細節，而這些繁瑣的細節裡面，怎麼還有那麼多挑戰。

懷孕的時候，我的工作繁忙，相關資訊讀得不多，煩惱也很少。常常覺得別人一定是大驚小怪，孩子生出來以後總會長大，沒事不該自己嚇自己，不用特別想太多。

我錯了，錯得很徹底。

等到孩子跑出來了，什麼都不懂，連尿布哪邊是前面都沒有概念，我只能一天一天慢慢學，一手抱著孩子，一手按著搜尋引擎，祈求兵來將擋，水來土淹。

我覺得我上輩子一定是做人不夠善良才會被懲罰。

我不聽話，沒有按時擠奶，得了乳腺炎。我在計程車上，捧著兩個堅若磐石的乳房，暗自決定從此以後，要餵配方奶。

躺在醫院的病床上檢查時，我問醫生，能不能開退奶的藥？

醫生迴避我的問題，她用兩手用力推著我的胸部，我閉著眼睛悶叫，「妳就是用力把奶排出來就好。」

她說：「不要想著退奶。」

走出門的時候，我看見自己的媽媽在等我，「怎麼樣，可以打針退奶嗎？」她問。

我搖搖頭。

我不知道該怎麼辦，可是我知道自己要振作，要堅強，當了媽媽以後，要熱愛疼痛。

昨天晚上，羅比喝完奶哭個不停，檢查了尿片，左邊抱完換右邊抱，怎樣都不行。

我跑到走廊求救，他卻突然安靜下來，副護理長說，是寶寶入睡前有些躁動。

「換個環境走動走動，我跟妳說，這條走廊大約走個十趟，一定睡著。」

羅比皺著眉睜著圓圓的眼睛，揮舞雙手，跟我大眼瞪小眼，我本來不相信副護理長說的話，但是走到第五趟的時候，他打了哈欠，第八趟，他安然地閉上雙眼。

在月子中心裡的日子，很像在考前衝刺班補習，目標明確，規律作息。

我趁著護理師巡房的時候問問題，一面量血壓，一面學習育兒做筆記。

有一個護理師告訴我，因為曾被子宮緊緊包覆，嬰兒喜歡有界線的感覺，所以當他睡不好的時候，可以拿毛巾捲，輕輕壓住他的頭頂，讓他有回到母體的安全感。

那天晚上羅比吵鬧時，我依樣畫葫蘆，用毛巾做了一個長長的圓弧，箍在他的頭上，造型就像 Open 將。

真的有效。

羅比安靜了三十分鐘，讓我可以好好吃頓飯。

我一直是個隨隨便便生活的人，三餐外食，吃路邊攤小吃，喝完熱湯喝奶昔，累了就睡，醒來滑手機，周末的時候，連續看好幾個小時電視動也不動。但是照顧新生兒這件事，細節很重要，不能只有大方向，也不能只是高興就好。

很多事情都有步驟，有特定方法。

彼得回來的時候，我們就到走廊上，透過玻璃看寶寶，最喜歡的，便是看護理師怎麼一個步驟一個步驟，從頭到腳，像工匠雕刻石膏作品般，仔細地為他們檢查身體。

我以前覺得重複的生活很討厭，最近倒是漸漸悟出個道理來。

嬰兒累了就睡，餓了就哭，高興的時候手舞足蹈，不舒服的時候，立刻表現得讓旁人都能知道。這是生命的基礎。

或許沒有一般人想像得無助，他們一日度過一日，睡眠飲食定時定量，絕不拖延從不壓抑，比我們成人還懂得照顧自己。

怎麼會這樣，我想當寶寶，不想當媽媽，我覺得好累喔。

*

必備的小袋子，白色的，裡面有錢

我曾經在專欄上寫過一篇文章，敘述自己有個小袋子的事情。

有一個禮拜，孩子吃壞肚子住了院，在我的照顧下撞到三次頭，我還打破一個奶瓶，玻璃碎片滿地都是，我覺得很累，很難受，生活像一場醒不過來的噩夢。

那個小袋子的由來就是如此，我用飯店裝拖鞋的束口小袋子，專門對付這種時刻，袋子裡有一些錢，是我平常放進去的，有一張清單，分別寫著——

假設妳有三個小時，妳可以去按摩，這裡是店家的電話。
假設妳有十五分鐘，去樓下買一塊炸雞跟大杯可樂。
妳應該請一天假，去這家飯店，住一個晚上，吃龍蝦。
這個袋子是我的雨傘，下雨的時候，我就打開它。

這世界裡有一些弔詭的道理，比如說，人們都認為當媽媽很難，說媽媽多麼偉大，但這個社會同時對媽媽的角色很嚴格，孩子稍微不對勁，誰都可以過來踢一腳。

我發現，身為母親，當妳難過的時候，跑去網路世界找安慰，試圖參考別人的意見，針對問題回答，根本是無故找罵挨。

其實好多文章好多建議，都是害人低落的成分高過其他的部分，那些說媽媽應該永遠慈愛，應該時刻陪伴孩子身邊的答案，都替人設定了更高的標準，我才不要天天活在標準裡，我想要偶爾也是一個普通會不小心犯錯的人。

前一陣子我取消了所有跟親子議題相關的追蹤訂閱，不是他們寫得不好，有時候，就是寫得太好了。

人有時候好，有時候不好，這是再正常也不過的事情，當人不快樂的時候，旁邊的人就算是寶寶也得讓一讓，讓她好好睡一覺，吃頓飯，伸長手腳伸展伸展，媽媽假裝很慈祥，把事情吞到肚子裡，對誰都沒有好處。

作家李家同曾經說：「世界上有很多職業，要做得非常好，才對社會上有影響，可是做母親，就不同了，即使做一個平凡的母親，一樣可以對社會有非常正面的影響。」

我有一個小袋子，建立一個自給自足的復原系統，我需要一點時間，這個世界上，任何好人好事好東西，都需要一點時間。

那個袋子裡有一張便條紙，寫著：「無論如何請對自己大方一點。」

＊

彼得的精蟲報告結果

檢驗報告出來的那一天，我在開會，彼得要自己一個人去面對。他很緊張。

我也很緊張。

接著我接到彼得的電話。

「怎麼樣？」

「哈哈，護士小姐說，報告很正常，我不用再掛號諮詢醫生了。」

彼得得意無比，他大聲地唸著自己的精子數量、活動力、直線加速的能力，報告裡，居然連精子形狀都有加以分析。

我很久沒有感覺彼得這麼開心過，他炫耀的程度，就像他的精子以優異的托福成績考上哈佛。

「好啦，恭喜你，我要回去開會了。」我說：「你呢？你要做什麼？」

「我現在，要去吃鍋貼，二十顆這麼多！我要為自己慶祝一下！」彼得在車水馬龍中，對著電話的另一頭的我大聲喊叫。

我很為他感到高興，但至此的同時，我還是忍不住想著，為什麼懷孕那麼難呢？我們又回到原點，那個點就是什麼原因都有可能。

*

一段歌詞，抄在筆記本的最後一頁

戴著耳機聽歌。
那首歌叫〈下流〉。
歌詞說：
他們住在高樓，我們躺在洪流，
不為日子皺眉頭，
答應你，只為吻你才低頭。

我低頭親了一下羅比，他正在看卡通，一切盡在不言中。

*

有感而發寫了一大堆，時間緣由不明

當任何人或是任何文章告訴妳成為母親之後，妳還是可以如何如何的實現自我價值時，我想請妳不要相信這個事情。這樣對妳會好一點，妳還是很累，但至少不會這麼苦，妳不用再為了滿足錯誤的期待而筋疲力竭，妳的心會好過一點。

生產的那一天，我痛得哇哇叫，沒有人告訴我要怎麼撐過這一段，怎麼面對未知的恐懼，麻醉師替我在脊椎上打了無痛分娩針，壓力頓時減輕，我的下半身好像突然變成了別人的，有另一個軀殼，替我承受了痛楚。

生完孩子的整整三年，我覺得全身上下都破破碎碎。我站在鏡子前，有一些僵直，有一些鬆弛，很多地方都滿醜陋的，我告訴自己直視那些瑕疵，那些瑕疵證明了我從那場戰役光榮地回來了，羅比眨著濕濕的睫毛，躺在我的身旁，那麼多的不足之處，我把它看成甜甜圈中間的那個洞，有其存在之必要。

要是無痛針可以每年去打，每次效力都維持一年就好了。

我是個三歲孩子的媽媽，目前為止，我的平均起床時間是六點半，平均睡眠時間是四到五個小時，平均洗澡時間是十分鐘，平均保養時間是，嗯，沒有。

某天有個同事問我用哪一個牌子的眼霜，我其實只能用一罐乳液隨便塗全身，我的臉上有一堆雀斑，但醫生建議我把所有想生的小孩生完再來處理，「不然妳雷射打完也還是會再長出來。」還有我再也不能好好地安靜吃一頓飯，再也不能在上廁所的時候關上門。

媽媽就像是一個小丑，手上把弄著五顆球，妳輪替著把球抛到空中，接回手中，眼睛盯著球，手心熱熱的。

接著有另一個要求，要妳騎上單輪腳踏車，妳沒有拒絕，觀眾一直鼓掌，妳無法停下，汗水滑過妳的臉頰，妳夾緊雙腿騎著單車上階梯，妳保持笑容，不敢讓別人知道，有時候妳只是一個很想回家躺平的小丑。

在這樣的情況下，所有的長期計畫，都是枉費力氣，不如用白白胖胖的棉被把自己包起來比較實在。

我曾經做過一個採訪，是陰道整形術。

「總是這樣，老婆嫌先生那裡小，先生嫌老婆那裡大。」一婦產科醫生笑著說，「生產時，為了順利娩出胎兒，會陰部位，會被產科醫生剪開一刀，生完之後再縫回去，正常來說，裂開的傷口會痊癒，門面沒有問題，卻有時陰道會發生外緊內寬的情形，造成陰莖一進入陰道，從柳暗花明，突然一片海闊天空……」

那次採訪過後，我都會盡量避免用到「海闊天空」這個成語，太驚悚了。

*

只有幾個關鍵字，關於子宮的笑話

剛剛打開手機，看到「子宮」兩個字在我的記事本，想說這是什麼東西，然後我一秒就想起來了。

彼得在大學的時候，有選修一門通識課，叫做懷孕與分娩。

（我一輩子不會忘記這件事，因為這門課不怪，但彼得太怪了。）

前幾天我們閒聊，我問：「欸，我突然想到，你覺得子宮是在腸子前面還是腸子後面？」
彼得：「我不知道耶……」
我自行推敲：「子宮應該在後面，因為喔，那種醫院的塑膠假人，肚子那一個殼子，一打開就看到腸子嘛……沒有看到子宮……」

彼得想了一下，恍然大悟。
他說：「對的！對的！我確定腸子在前面！」
我：「你怎麼確定？」
彼得：「因為我看電視裡面，士兵拿刀刺另外一個士兵的肚子的時候，腸子就會先流出來！我從來沒有看過子宮流出來！所以腸子一定是在最前面！」

關於懷孕還有一個事情。

彼得有天慌慌張張地說：「天啊，我看到一個新聞，有一個孕婦，她在懷孕的時候，肚子裡的寶寶，用力一踢，把媽媽的子宮踢破了！」

我：「真的嗎！」

彼得：「對，然後媽媽就這樣死掉了……怎麼會這樣！」

我：「那個媽媽是不是上一胎剖腹？」

彼得：「這個有關係嗎？」

我：「我在想會不會是因為剖腹，所以有傷口癒合不良的問題，寶寶剛好踢到，子宮就破了……」

彼得：「是嗎？為什麼寶寶要住在舊的子宮？」

我：「什麼舊的子宮？」

彼得：「我以為媽媽每生一個寶寶，就會再長一個新的子宮出來耶！不是這樣的嗎？」

＊

這樣愛你夠了嗎

有個部分是很奇怪的。

從戀愛到走入家庭，我很少懷疑過自己愛不愛彼得，那個愛足不足夠。

可是，我老是很傻地想著自己愛不愛羅比，昨天今天明天，有沒有愛夠。經常懷疑自己愛的份量。

而且那個愛會自己打算，依照具體情況，自行變換。

比如說，我為了寶寶長牙，買了舒緩凝膠，後來想一想不敢給羅比用，只好全都塗在自己的嘴裡。

比如說，我準備讓羅比去上幼兒園，自己參觀了半天，又不知道為了什麼開始反悔。

我想起唐吉軻德，想起人們評論他，沉溺於幻想、脫離現實、動機善良但行為盲目。

唐吉軻德根本是媽媽的典型。

他把嚴肅和滑稽，悲劇性和喜劇性，生活中的庸俗與偉大，水乳交融在一起。

大家都說，世上只有媽媽好。

怎麼個好法？大概是這個意思。

*

又過了一陣子，Ａ５黃色筆記本，羅比事先知情

從確定彼得是正常的男人，到我真正懷孕，中間經過了六個月。

那六個月之中，無聲無息，本來就意志不堅的我們，也漸漸想放棄了。

有一天晚上，羅比跑到我旁邊來，「媽媽，妳應該，應該再生一個寶寶。」

我：「好啊，不過很難。」

羅比：「為，為什麼很難？」

我：「因為媽媽也很努力，可是沒有成功，不然，媽媽去做試管嬰兒好了。」

羅比遲疑了一陣，他好像不太確定，他跑了出去，在客廳待了一會兒，又跑回來，接著堅定向我表示：「不用，媽媽不用做試管。」

我說：「你又知道了？」

羅比：「是，是外面的寶寶說的。」

我從床上坐起來：「哪裡來的寶寶？」

羅比手一指：「有一個寶寶，在客廳的桌子畫畫，她一直搶我的玩具，欺，欺負我……」

彼得也坐在旁邊，「你說什麼寶寶？」

羅比：「那裡啊，有一個新來的寶寶。」

我們轉頭看著客廳，空無一物的桌子，說不出話。

那一個月，我就懷孕了。

當很多人知道我懷孕，便問：「那麼，羅比知道自己要當哥哥了嗎？」

「其實我比羅比還晚知道。」要不是不想被看成精神病患，我實在很想這樣回答。

後來，只要有機會，彼得就會問羅比：「今天，寶寶有來家裡嗎？」

羅比：「有啊，一直在那裡，一直玩。」

彼得追問：「寶寶是男生還是女生？」

羅比：「女生，滿，滿漂亮的啊。」

彼得：「那她有跟你講話嗎？」

羅比：「她是寶寶，她很少說話，但，滿兇的……」

我：「那她有沒有說，為什麼來我們家？你問她一下……」

羅比突然尷尬：「我們，講，講別的好了……」
我：「為什麼？」
羅比壓低聲音：「她叫我不要再講了，不要，不要一直講她……」

*

在電腦裡，取名為狼狽的檔案

深夜兩點四十六分，一如往常，我睡不著。
我沒有想過自己會是這個樣子的，凌亂的客廳，衣物層層疊疊癱軟在沙發上，羅比跟彼得都睡了，伴隨著快要壞掉的冷氣機，發出呼呼呼的規律聲響。
還是小孩的時候，我以為自己很酷，我沒有想過自己會走到這一天，在人生裡疲累地睡不著覺，變得這麼世俗，變得這麼老。
或許，在這樣深深的夜裡，就是要走投無路，我才會說出實話。

這三年中，我收集完畢女人一生的重點卡片，女兒、妻子、媳婦、母親。

實話是，我變得太狼狽了，狼狽到不確定這樣好不好，對不對。

前天去銀行，行員在櫃台前，叫一位葉太太，我立刻站起來走向前，才想起自己是顏太太，當年那個姓葉的小姐，把長髮剪了，眼角都是紋路，也比之前胖了很多。

我沒有後悔，我一直都是幸運的。

只是有時候，在婚姻裡，那個為什麼的問題比以往更頻繁地攫住我的步伐——我為什麼在這裡？我為什麼這麼忙？為什麼變得跟大家都一樣？為什麼，從某一天開始，我再也沒有理想？

就像進入社會後的人，沒有暑假可以期待，進入家庭後的我們，什麼事情都得竭盡力氣挪出空間來，那些太大的東西，自然沒有地方放了。

從字典裡可以查到，傳說狽是一種獸，前腿特別短，走路時要趴在狼身上，沒有狼，它就不能行動，所以用「狼狽」形容一個人困苦或受窘的樣子。

為了接送孩子方便，我們得找一個離婆家近一點的房子。今天中午彼得說：「其實出價失敗，房子沒有買到也好，至少我們可以往買車的這條路前進。」我抱著孩子，從後座望著他的側臉，曾經他是我的高中同學，當年，他很帥氣，我們一起為聯考努力，如今為了一個家，兩個人忙進忙出，昏天暗地。

經營一個小小的家怎麼能有這麼多事情？

以前只要模擬考出現複選題我就好煩惱，現在我幾乎每個星期都在算，錢夠不夠買這個，如果買了這個，我就不要買那個。再加上，生完第一個孩子後，每個人（連我自己也是）都在問，什麼時候準備好要生第二個？我真的有辦法，養兩個？

從後照鏡看，彼得也突然老了，他提出要剪頭髮，「頭髮短一點，白頭髮就不會那麼明顯吧？」

有時候我好緊張，怕自己就這樣匆匆過了一生。可是羅比軟軟熱熱地抱在懷裡，他肚子餓卻將副食品吐了滿地，也是當務之急。

講一個日常的事。

我們去藥妝店買化妝棉，彼得在結帳櫃台，堅持自己有會員卡。
店員：「麻煩給我一下您的電話。」彼得報出電話號碼。
店員：「不好意思，查不到您的會員資訊。」

彼得不服，「我上禮拜才加入的。」又要求店員查身分證字號。還是查不到，「還是可以查一下住家地址呢？」

人龍排得長長的，連我都感到不耐煩，低聲問：「喂，你真的有加入會員嗎？」

這時彼得恍然大悟，他在人群中拍了一下腦袋：「啊呀！這裡是康是美不是義美嗎……我其實是義美的會員……這裡是康是美不是義美嗎？」

我速速結帳，抓了商品就走出門口，不敢回頭。

婚姻有好日子，也有壞日子，佔去大部分的，是日常日子。日常日子是由相同成分形成的單位，演出演員都是一樣的人，在一個同樣的場景裡，重複吃飯睡覺買東西丟東西，津津有味又斤斤計較的事情。

半夜三點五十分，年獸般的羅比，即將在兩個小時後甦醒。大概是不用睡了。

我站起來，喝一口水，整理廚房裡需要資源回收的寶特瓶。無聲的電視新聞，播報著颱風動態，跟莫名的炸彈攻擊。常常有個問題是，你擔不擔心愛情最後變成親情？

之前從網路裡看到一段話：「大多數的愛情與親情的區別在於——你做了件為對方好的事。在愛情裡，你會拚命讓對方知道；親情則是拚命不讓他知道。」

結婚後、生了小孩後，身為一個妻子與母親的我變得經常是髒兮兮又氣呼呼的。

我們的家很小，只有一個客廳跟一個房間，而且還沒有所謂的隔間門，彼得有時被颱風尾掃到，沒有地方去，只能變成可憐的小狗縮在家裡的角落，隨著我的移動而移到相對最遠的一點去，如果隱形斗篷有在市面上販賣，他應該會立即入手一件。

親情是老後的愛情。

它有一種本領，心胸寬大，不看外貌就能維持下去。我想我得想個辦法，為自己所擁有的混亂感到快樂。

颱風要來了，我窩在家裡，懷著這樣不容質疑的情感，縱使我們不再無憂無慮，即使家裡很亂，如果就這麼匆匆過了平凡的一生，那又怎麼樣呢？

*

名稱叫做懷孕的電腦檔案，檔案夾裡只有一點點文字

第二次懷孕，我身心都受到很大的煎熬。

我無時無刻不想吐，常常流鼻血，皮膚長蕁麻疹，體溫很高，一直頻尿。

但這些都比不過，每次進入診間，不論是哪個醫生，都會匆匆看我一眼，接著說：「嗯，高齡產婦喔？」

生羅比的時候，我是一個年輕又有為的媽媽，現在都沒有人這樣想了，他們看到我，就覺得我是高風險，有點過期的生物。

我愛賭氣，所以每次都打扮得超年輕去產檢，真的是用心去做這件事情。

我嘗試過穿大帽T，戴帽子，好像嘻哈歌手，無效。

接著卡通人物上衣，運動短褲，我還圍了一個小毛巾在脖子上，運動風，無效。

第三次，我戴上粗框眼鏡，搭配可愛的空氣瀏海，雙肩背包，文青風格。

雖然三次醫生都不同，但每個醫生看到我，還是說，妳知道吧，這次是高齡生產，注意一下。

我跟朋友抱怨，朋友安慰我：「唉呀，他們沒有仔細看妳啦，醫生都是看病歷，從妳病歷上看，就是個高齡產婦嘛。」

我難受道：「我又不是不准他們說我高齡，但加一句，喔呦不過妳看起來滿年輕的，這樣很難嗎？」

朋友看看我，表情無奈地回答：「對業務來說很簡單的事，對醫生來說很難。」

＊

寫在一張飯店信紙上的小短文

我很早就開始想一堆事情。

比如說，現在在飯店開會，同事悄聲在我耳邊說：「我認識這家飯店的副總，妳以後需要什麼，可以介紹她給妳。」

我完全想不到自己需要什麼。我第一個想到的，就是羅比說不定可以來這裡結婚宴客。不想還好，一認真想起來，我就忍不住東看西看，認真地觀察起來，還在上廁所時，溜到新娘房旁邊若無其事地偷窺。

「是女方親友嗎？」服務人員好心詢問。

我搖搖手跑掉。

「我是從三十年後的未來，特地跑來替羅比場勘的老婆婆呢！」

我在心裡這麼想著，接著我把同事給我的飯店副總名片小心收到包包裡，不知道三十年後，她還在這裡嗎……

所謂的媽媽是什麼呢？

不過就是，不愛沒事，一旦愛下去，就會愛得俗氣而且全面的女人。

*

風雨欲來的前一天

帶著羅比一起去產檢，終於等到醫生可以宣布寶寶性別的時候。

在進去診間之前，我跟彼得說：「如果真的是女生，就代表羅比之前說的是對的。」

彼得：「如果是男生呢？」

我：「如果是男生，那就代表我們家還有個女鬼娃娃……不小心被羅比看到，現在還在客廳畫畫……」

彼得露出害怕的表情。

我問：「不然你覺得呢？如果是男生……」

彼得：「我本來想，如果是男生，以後我就可以帶兩個小朋友去打三打三籃球……」

我：「喔喔，原來你是想得很美好……不好意思喔。」

彼得：「妳真的是很詭異。」

在黑黑的診間裡，醫生歪著頭看超音波，左看右看，接著宣布：

「應該，應該是……女的。」

我跟彼得對看一眼，露出心照不宣的微笑。

羅比倒是一臉鎮定地說：「就，就是女的。」

醫生笑問：「你也看得懂喔？」

羅比摳摳自己的指甲，露出不耐的表情。
他那不耐的表情，似乎在說——我連靈魂都看得懂，區區超音波這種東西，到底有什麼難的呢？
我們三個嘻嘻哈哈地，帶著笑容。
但醫生說，「等一下。」
我們才都安靜了下來。
黑黑的診間、黑黑的等待。
有什麼應該說的，還沒有說完？

醫生瞇著眼，沉浸在檢查中。
在一陣沉默後，他終於抬起了頭，透過一層鏡片看著我，那表情，像是挨了罵，又像是，剝開豔麗的糖果紙，卻吃到很苦的東西。

接下來發生的事情，我想你都知道了。

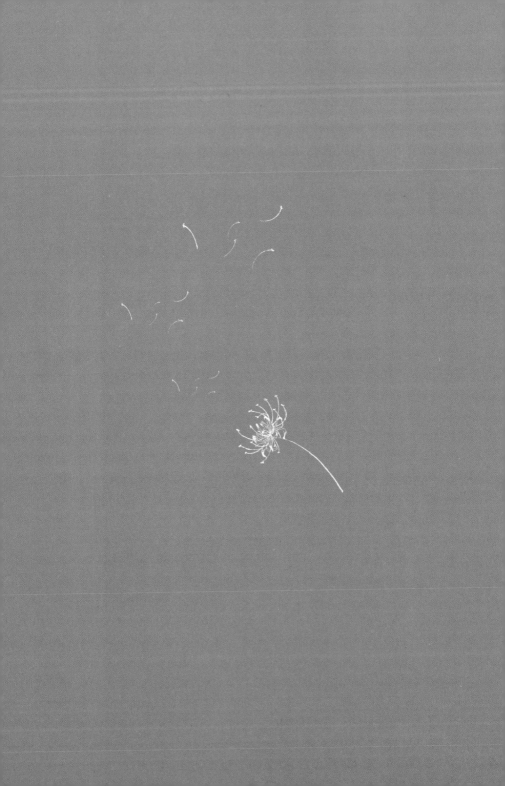

4

白天的我，回去上班了

回去上班那一天，我很緊張。

怕自己狀況看起來不好，怕大家用同情的眼光看著我——一個肥胖的女人，高高興興捧著肚子拍照，最後竟然落得什麼都沒有。

我去染了頭髮，買了幾件新衣服，這次懷孕六個月，身上多了八公斤，大部分覺得好看的衣服，我都塞不進去。

上一胎，我沒有太多體重的問題，一生完孩子，因為餵母奶，體重掉得很快。這一次，引產過後就吃了退奶藥物，也沒有孩子嗷嗷待哺，體重就留在身上不動了。

*

走進辦公室時，大家跟我打了招呼，也很有禮貌地略過一些敏感話題，我們談很多公司的事，談客戶的事，甚至是夏天的事，餐廳的事，颱風有來或為什麼沒有來的事。

我一直保持著戰鬥微笑，一邊笑著，笑得嘴角都酸，一邊在口袋裡扣住扳機，要自己不要害怕。

人們看著我還能笑，似乎也輕鬆一些，我的正常表現，就像是電燈開關，啪的一下打開，房間就亮了起來，燈要亮多久都可以，但就是人工的，可以持續，還沒有辦法很自然。

有兩個同事遇見我，我才仔細說了自己的經歷。一次是中午用餐，講到一半就不得不哭著停下來，「對不起對不起，」我說，「你先吃點飯，我自己冷靜一下。」

另一次好一點，我完整地陳述了事情經過，對方緊緊握著裝飲料的杯子，眼眶紅了，但我自己想哭的感覺變少很多。

從早上到晚上，我被擁抱了幾次。

步驟是這樣的——

首先妳會從遠遠的地方，聽到自己名字被呼喚，接著就是站起來，等前面那人歪著頭張開手，發出喔～的聲音，我便順從地靠上去。

他們會問：「妳還好嗎？妳還好嗎？」

在他們溫熱的懷中，我便隨著相同地節奏，回答著，沒有關係，沒有關係。

＊

看到一篇文章，討論漸凍人——史蒂芬．霍金。

標題是：「史蒂芬．霍金全身癱瘓，怎麼生出三個小孩？」

面對這個失禮的提問，霍金倒是回答得很好。

他的回答是：「我的病只影響到了隨意肌，不隨意肌還是非常正常的。」

根據霍金本人的回答，硬化症雖然使得他全身癱瘓，但沒有影響他的生殖器官，所以霍金能像正常人一樣過生活，也能生下健康的孩子。

我也是這樣，這些日子，我都很努力地用著腦子，指使著不隨意肌，僵硬地打起精神過日子。

＊

尖峰時刻，在電梯裡面擠著。

一位陌生男人跟另一個陌生男人說，他的團隊裡有個小祕書，因為不想參加福委會而決定離職。

「怎麼會有這種事？」

「對啊，妳不想參加福委會，就不要參加就好，幹什麼離職呢？」

「她說就是因為在福委會裡的時候，發現這不是自己想要的生活。」

「福委會到底討論了什麼？」

「誰知道，不就是公司的福利嗎？」

「算了吧，這個人如果連福委會都待不了，到時要是參加我們平常的會，她怎麼受得了……」

我前面站著一個穿著馬靴的女生，不顧其他人，在電梯的鏡子前面自拍，我在後面，一邊偷聽別人講話，一邊看著她用修圖軟體把自己變得好漂亮。

我在她相片的一個角落裡，看起來好慘又好胖。

*

回家路上，戴著耳機，坐在捷運車廂的最角落，我的眼淚流出來。

我想，只有這時候這地方能哭，上班上了一天，辦公室裡哪能隨便哭，而家裡，是父母替我帶孩子的地方。

我讓城牆倒了，只能在通勤的時候哭。

旁邊的一個男人，正在用手機打電動，瞄了我一眼，又趕緊把眼睛轉回去。

看什麼，你這個成功的受精卵。

我在心裡亂生氣，眼淚裡，除了委屈，還有一點是憤怒。

*

回去上班的前一天，我告訴自己，這是沒有目標的一天。

可以坐在窗邊整整一個下午，不用強迫自己站起來。
可以看喜歡的作家寫的書，儘管已經看過好幾遍。
可以閉上眼睛，幻想自己很有錢。
我在窗邊看著風吹著樹葉。風沒有形狀，只能看見樹在搖。
明天開始的生活，將會完全不同。

我看了侯文詠在一九九二年出版的書《淘氣故事集》，在故事裡，主角是個調皮的小男孩，有一個妹妹。

外面在下大雷雨。我把窗戶打開，頭伸到外面去，是下雨的味道。我很久沒有看著雨，便讓雨水嘩啦啦地傾倒在頭上。我閉上眼睛，幻想自己把寶寶生下來，寶寶很健康，有粉紅色的皮膚，揮著手，嘴裡吐著小泡泡，在笑。

*

第一步很艱難，後面就好多了。

公司就像是一群細胞組織，會自行癒合，會各司其職。我表現得很正常，大家就移開目光，正常運作，幾次下來，我也變得正常很多。

去倒杯茶，打開電腦，回覆信件，開會，抓抓癢，午餐時跟同事說話，上個廁所，這樣反覆幾次。

有幾個時段，我覺得自己好像從前，嘻嘻哈哈，風光明媚，一個接著一個的會議，那些擺在我辦公室裡的照片，那些被我咬得坑坑巴巴的原子筆，都彷彿鼓勵著我，好好上班，把事情做好，這份工作會保護妳，會帶妳回來的。

*

我知道有人會這麼想，至少有一部分的人會這麼想——不過就是死了一個胎兒而已，那胎兒有缺陷，也沒跟妳過過一天日子，怎麼這麼大驚小怪呢？

有個朋友跟我經歷一樣的事，我問她，會不會別人覺得這只是沒什麼大不了的事？

她說：「我知道懷孕後才過了十八天，就流產了，但他還是我的寶寶，就算只有十八天也是寶寶啊，難道會變成十八天台灣生啤酒嗎？」

然後我們笑了。

這陣子，我還是忍不住，一而再，再而三地告訴自己，這根本沒什麼，我只是嚇到了，看到寶寶的屍體，把她抱在懷裡時，嚇壞了。

我想用這樣的方式說服自己，度過這一關。

成效怎麼樣？

這跟恐怖片不一樣，我除了覺得害怕，還有別的。

*

回歸職場，跟一個同產業的朋友約了一起喝茶。

本來我是滿緊張的，過去我們見面，只談產業的趨勢，交換一些工作的資訊，我怕她見了我，不知道怎麼跟我話家常。

但她提了自己的事，她說，「知道妳過得不好，我也過得不好喔，這一年真是亂七八糟，對好人來說簡直太難了嘛。」

接著我們就低頭挖著沙拉吃。

我們倆，就好像兩個不同品牌的卡通人物見面，米老鼠問龍貓說：「你那裡天氣好嗎？」龍貓悻悻然回答：「還不都一樣？你覺得熱我也覺得熱，地球暖化是全世界的事情。」

龍貓嚼著沙拉的樣子非常認真，好像過了這一餐，下一餐在哪裡沒人知道的樣子。

「妳還是多吃點，」她建議著：「人生很倒楣的時候，就盡量多吃一點。」

這世界有一些人，能用雲淡風輕的方式，帶你回到正軌，是一種幸運。

聽她嚼著菜，說著討厭的人事物。

我覺得生活也沒有糟到完全過不下去。

＊

我一直在網路上，回頭去查愛德華氏症，導致我只需要輸入「愛」這個字，搜尋引擎就會直接知道我的心意。

四下無人時，我幾乎是自虐式地逼自己看那些得病的孩子照片，一張接著一張，我的動機很難理解，我想知道他們有沒有活下來，我想知道他們怎麼死去，我想看他們跟我的寶寶像不像，到底，我想證明他們像，還是不像？

*

一回去上班，便面臨一個大型活動。

遇到一些久未碰面的客戶，知情的人不多，其中一個客戶跑過來，說：「哇，你不是快生嗎？怎麼穿上這件衣服，這麼藏肚，太厲害了，哪裡買的？」

我有點尷尬，只好拍拍肚子，淡淡地說，「發生了一些事情，我現在沒有懷孕了。」

客戶尷尬至極，向我道歉，我覺得對她很不好意思。

＊

我還是會在半夜醒過來。

在深夜裡，我已經不那麼難受了，我會側躺著，看向窗外，等天空慢慢慢亮起來。

＊

想開始寫一篇故事，故事裡面有一個倒楣的人，他養一隻狗，那隻狗得了憂鬱症。

那隻狗常常歪著頭，倒退着走路，無故呲牙裂嘴，還老是趴在地上打滾。

但想想還是作罷。

我必須暫停對我所經歷的失去，做出更多的譬喻。

像是我之前說過的那些，傷心的史努比與查理布朗，失去雛鳥的築巢，得了憂鬱症的狗。

身為一個作家，我可以對於一個處境，想到各式各樣的譬喻。

但現在不能再這樣做了。

要盡可能的，平鋪直敘地處理事情。

因為，儘管那些譬喻多麼優美，無窮無盡的譬喻，把我帶到與懸崖的距離，變得太近了。

*

周末時分，決定出門走走。

我穿著之前買的孕婦裝，走在人行道上，看起來胖胖的。

去了附近地下街的書店。

語言學習區，有一群很上進的，上了年紀的人在閱讀，一面動著嘴唇，無聲地學習。

小說區，除了科幻那一小塊以外，沒有什麼人。

「那一區臭臭的。」經過收銀台時，有個客人向店員抱怨。

幾個店員輕聲在討論，唉，因為有個流浪漢坐在那邊啊。

我剛剛從那邊走過來，我有看見那個流浪漢。

他很安靜，把鞋子脫掉放在一旁，身上飄著一種濃郁的墨水味道。

我希望店員不要趕走他。

因為人不可貌相，就像我，是個過去式的孕婦，仍然意味不明地穿著孕婦裝走在路上。

而那個流浪漢，他沒有打擾任何人，他手上拿著《資治通鑑》，沉默地在讀。

這個世界很深，黑暗的地方還是有生物。

*

踢到桌腳，原地跳了好幾下。

想到之前讀的一篇文章，說痛苦是人類專屬的行為。一般的動物在受到傷害時，只會感到痛，苦是一種想像，人類才感受得到的專屬想像。

我後來發現是這樣，有一部分的自己，會一直滿傷心，但另一部分的自己，會漸漸的好起來。

我又堅強又憂傷，比例是一比三左右。

後遺症是一些地方不太能去。

香港茶餐廳，是我在產檢之前去的，那天我提早下班，嘴饞，獨自去吃了油雞飯，絲襪奶茶，加點了一個蛋塔。那天傍晚，在醫生說我的孩子心臟破了一個洞之前，我吃著飯，隨著血糖上升，寶寶在肚子裡動，我是很幸福的母親。

如果我沒有發生那件事，我會告訴所有人，觸景傷情是很老套虛假的。

後來那個茶餐廳，我其實不太能靠近，我一靠近，就會變成一個愚婦，愚婦會一直問自己，如果我沒有翹班，是不是我的孩子就能生下來，如果我當初這樣那樣，是不是事情就不會變壞。

*

回到那篇霍金的文章。

霍金深愛自己的三個孩子，並且給了他們三個忠告——

一、記住永遠仰望星空，不要計較自己的得失。

二、永遠不要放棄工作。工作讓你的生活有了意義和目標，如果沒有它，生活就毫無意義。

三、如果你能夠幸運的找到真愛，記住，那是非常珍貴的，不要對其置之不理。

白天的我，回去上班了，到了夜晚，城市還沒睡，我該怎麼仰望。

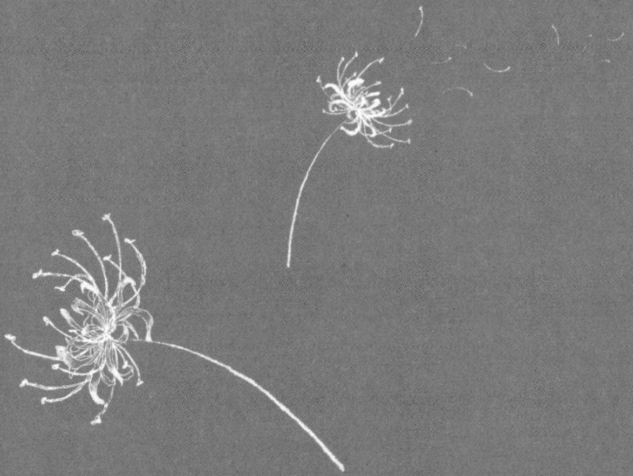

5

在進步和退步的中間，走來走去

清單

按照月份排列，我列了一份會讓我期待的清單。

九月份，三歲的羅比開始上學，買制服，買止滑襪，買睡袋，南西誠品開幕，這是離家最近的一家書店。

十月份，ＮＢＡ開打，有很多例行賽可以看，說真的，風風火火中，小皇帝詹姆斯都能活過十六個賽季，我有什麼好哀哀叫的？

十一月，安排了一趟日本的旅行，只有短短幾天，只有我、彼得和羅比三個人。

一個月一個月來，一張助我安然度過的清單，原本十一月的期待，是預產期的到來，我必須轉移注意力。

十二月該期待什麼，還沒有想。

到時會想到的。

*

羨慕但不到嫉妒

看到臉書上的，別人的孩子，一個一個順利的出生了。我為他們開心，因為我終於明白能平安生下健康的孩子，是不容易的事。

心裡還是有點羨慕，只是不說出來。

看到路上有媽媽帶著兩個小孩出門，忙得焦頭爛額，也是相同的感覺。

每次那種羨慕的感覺湧上來，我就得用說服自己已經很幸福這句話壓回去，潮來潮去，一天也會發生好幾回。

還是有人問我好多了嗎，我倒是不再懷疑地點點頭，心好像停在一個陌生的港口，先不動就好。

最近流行宮廷劇，一波接著一波，哪個貴人的孩子被害死了，皇后娘娘的孩子也病了。每當這個時刻，我心裡的感觸就氾濫起來，這陣子，連宮廷內鬥，我都沒辦法一口氣看完。

先前的婦產科，有一個APP，停在我的高層次超音波產檢，那APP每天都提醒我回去看報告，並且建議下載更新，新的功能可以用互動的方式，3D看到寶寶的腦部，以及追蹤各個器官的發育進度，我不想看，我的寶寶跟著風走了，沒有更新了。但我也遲遲不敢殺掉那個APP，就怕原來存在裡頭寶寶的超音波照片都會不見。

一直不停被手機提醒，我覺得好累。
一直羨慕別人，也是好累。
不論是回頭或向前，都好累。

*

有一點害羞

在戶外市集走走。
「妳的小孩幾歲了？」一個親切的店員走上前來。
「三歲，」我說，「已經快三歲半了。」
「喔，那妳正在看的這些比較小小孩的衣服，可能不合適了。」
「妳要不要看看另一邊，這邊有適合三歲女生的喔……」
我看著那些衣服，粉粉嫩嫩的，像春天。

「有小男孩的嗎？我的小朋友是男生。」

「抱歉，我想說妳剛剛看的都是女孩子的衣服，還以為妳的孩子是女生。」

或許綁著馬尾的店員在想，為什麼呢，為什麼一個有三歲男孩的母親，剛剛卻癡癡地要看著新生女孩兒的衣服呢？

一言難盡，我只好帶著害羞的心情跑掉了。

*

腦子很吵

所有香甜的點子，像猴子一樣在我腦袋裡跑來跑去，我突然想要開一家幼兒園，還去看了幾個店面，我想要改裝臥房成書房，存了一堆照片，我很想要搬家，查到一個很心動的一樓空間，有一個小小庭院，我還上進得不得了，一次繳了一年學費，開通一些成人進修的線上課程，剛剛不過就是上個廁所，我就買了怎麼做簡易的電鍋料理的書。

家裡根本連電鍋都還沒有呢！

周末一時興起，在九點半的時候跑去逛了十點鐘就要打烊的百貨公司。

昨天晚上一出門，我還大聲宣布今天要去三個地方，帶著彼得小孩去夜市撈魚，打彈珠，玩乒乓球，趁機去減價商店買了髮圈跟日用品，回家都十一點了，兩個男生，一大一小，累得軟趴趴的。

計畫接著計畫，腦子變得好激動喔。

以前可能就是按一下按鈕，開一盞燈，現在只要稍稍感應，劈哩啪啦就放起煙火來了。

自從醫院回來以後，我的無名指莫名奇妙地不能彎了，我去了骨科，去了復健中心，也跑去國術館推拿。

如果還沒好，我決定去大醫院排隊掛號。

明天呢？接下來我要做什麼？

我以為一直做一些事情，便終能獲得拯救。

*

變成一隻悲劇的書蟲

陸陸續續，我在網路上訂的書都寄來了。

我發現有很多作家，都失去過孩子。或者是，失去孩子的作家，都無可避免地，在一段不算太短的時間中，只能寫關於這個孩子的事。

在大自然的定律裡，生物總有個先來後到，所以喪子之痛很痛。

黃春明說：「國峻，我知道你不回來吃晚飯，我就先吃了，媽媽總是說等一下，等久了，她就不吃了。」

陳義芝的小兒子，在青春正盛的時候，在加拿大發生車禍意外而離開，「我知道我真實的悲哀才正要展開。少掉的永遠少掉了。」

我讀著這些書，讓眼淚在一個正確的時間點流出來。

*

抗拒

有兩個朋友，跟我分享了自己的故事，她們都經歷過流產，也跟我說，這種事情，只能等生了下一個小孩，心裡才會好一點。她們都是很好的人，我也知道她們說的是真的。

但我很抗拒。

我的阿媽死了，我現在想起來都還是能立刻流出眼淚，怎麼我的孩子死了，下一個孩子來，我就好了呢？

我也不知道，是不是我想要一直把自己困住，我想要自己受苦，我是故意這樣的。

可能是喔，不排除這樣的可能性。

*

超大的褲子

我終於放棄憋氣縮肚子，出門到商店去買了一件很大的褲子。穿起來剛剛好。

我變成一個下盤很大的女人，很像數學課本裡的梯形，很像水果攤裡的梨子，這件事我也慢慢接受了。

在幾何圖案的世界裡，梯形應該不會被歧視吧？

這幾天我一直質疑自己，寫這些感覺有什麼用，我不是應該站起來，往前走，像俠客那樣，揹著一把劍，瞇著眼睛看向遠方，用瀟灑的態度面對人生嗎？

那天聽到一首歌，金曲回顧：
我以為我會哭，但是我沒有。
我只是，怔怔望著你的腳步，
給你我最後的祝福。

然後我坐在沙發上想，這不就是我那天的心情嗎？那天我肚痛如絞，然後抱著如一隻魚重量的妳，把眼淚含在心裡面，試著祝福。

彼得回家，看到我發著呆坐在沙發上，「妳怎麼了？」他問。這一陣子以來，他是目擊者，一次又一次，撞見我失魂落魄，然後隔天又看著我匆匆忙忙地力求振作。

我穿上新買的大褲子，套上長風衣，準備上班。從電梯裡的鏡子，我看到自己，「唉呦，我怎麼穿得這麼醜？天啊，我怎麼這麼醜？」

「問妳自己啊。」彼得憋住笑搖搖頭。

「你先去開車，我回去換一下衣服。」

我換了上衣，換了外套，還是留著大褲子。

在電梯裡重新看著自己，大約像個樣子了，我深吸一口氣，再慢慢吐了很長的一口氣。

這口氣一路延伸，從十三樓到一樓。

啊，一段感情就此結束。

這件事，願你我沒有白白受苦。

*

植物

我去了一趟花市，買了幾盆小植物，五盆一百，放在家裡養。

每天就是對著它們發呆，澆一點點水，周末一醒來，就一一把它們移到頂樓曬太陽。

彼得和羅比也會一起幫忙。

我宣稱其中一盆是我的最愛，它也是第一盆死去的。

但我不洩氣，很仔細地照顧其他幾盆植物，彷彿它們是我。

有一盆原本開著花的，突然花枯了，葉子跟著掉了一大半，剩下的綠葉變得淡淡的。

有天風好大，我放在頂樓的盆栽東倒西歪，有兩盆連根拔起。

妹妹來家裡，左看右看，接著說：「說不定沒死，妳繼續澆水，繼續曬太陽，說不定有機會。」

過了兩星期，新的綠葉長出來了，簡直是奇蹟。

我澆水的時候也一邊喝水，給植物曬太陽的時候我就站在頂樓一起曬。

我說不定沒死。

我真的沒死啊。

*

慢慢讓自己好過一點

我終於開始整理保險的事，找住院收據時找了好一陣子，又得把收在衣櫃上方的盒子拿下來，打開時看了超音波照片一眼，想起她的鼻子，想起那天她沒有呼吸，搞得自己悲戚得喘不過氣，我只好跑去廁所，坐在馬桶上休息一下。

雖然想到還會難過，但頻率變少，時間變短，容易處理，我感覺得出來自己正在好轉。

印了幾張照片，放到相框裡，藉此提醒自己。還要買幾本書。我買了一本已經看過的書，之前那本被我翻爛了。

昨夜我夢到羅比，他被卡在一座長長的電扶梯上，啊啊叫，上上下下出不來。我用盡力氣抓住他，自己也被拖到上方去了。地面漸漸變得好遠。

我的夢裡面，只有他跟我，目前為止，也只能有他了。

*

責怪

我在上廁所的時候一邊看連續劇，突然想到，古代的人在生產這一關，應該是母親死了，孩子活下來的案例為多吧？

為什麼我是反過來的？為什麼我活著，好端端地在上廁所，我的孩子卻沒有了？

應該是優生學的關係，應該是醫療進步，所以我選擇保住了我嗎？

這是大自然的意願，還是我的意願，凌駕了大自然呢？

我沒有辦法控制這樣的想法，隨時隨地竄出來。

我沒有辦法不責怪自己。

每一個白天，每一個夜晚。

＊

一步接著一步

彼得去打球了。

家裡只剩我一個人。

我像之前的每一天一樣，表現正常，揮手跟先生說掰掰，攤在沙發上，看電視，昏睡過去，再醒來。反覆幾次後，過不久彼得就會回來。

我的第一小步，是從洗衣服開始。

把枕頭套拆下來，丟到盆子裡，再加上一些冷洗精，然後用手搓。搓搓、揉揉，扭扭乾。

在這之前，我是不太洗衣服的，就算要洗衣服，也是快快的把衣物丟進洗衣機，盡量不花時間做這個事情。
不過現在不一樣了。

搓搓、揉揉，扭扭乾。
我提不起力氣做什麼大事，也就只能先從這件小事開始。
接著把家裡用過的瓶瓶罐罐都收集在箱子裡，晚上再做資源回收。

幾件事情必須做——

早點起床，早點上床睡覺
運動
戒掉網路，戒掉臉書
專注喜歡的事情
均衡飲食
忘掉悲傷，忘掉反覆覺得可憐的事情

我替自己泡一杯茶，開始寫作。
最後洗的那件小洋裝，泡得太久，桶子裡的水，變成粉紅色了。

＊

重要的時間點

我想以今天，作一個結尾。

今天是我的預產期。
我沒有說出來，就連身邊的彼得，也做著例行公事，一點都沒有察覺。
我只趁著四下無人時，哭了一下子。
剩下的時間，我帶羅比去公司玩，他這陣子非常喜歡泡茶，所以我們坐在會議室，試了三個茶包，味道都有點不同。

去朋友家探望新生的孩子，她問我過得如何，我說好多了，便轉開話題不再多談，我將這個視為一個進步的里程碑，我總算不用一一把細節都說清楚，好讓別人理解我的遺憾。對於我所發生的事情，獲得同情已經不是一個必經的過程，我不需要再多說一點，我可以淡淡地轉到別的事情了。

夜裡我想，從今年開始，我希望每年都有一段旅行，是我一個人去的。在那裡，我可以有幾天不用說話，我可以安靜下來，不為誰忙，或許我會帶著點心，坐在一棵樹下面，很久都不離開。我想創造一個遠離現實的地方，那個地方，只有我，和從未沾染這個世界氣息的妳。

「沒有終點的旅行叫夢啊，和你在一起，走未完的路。」

那是陳義芝的詩，我覺得很美。

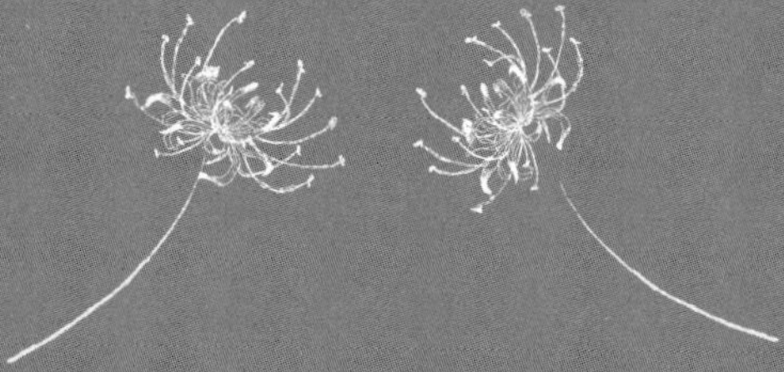

6

如果夢想是個詐騙案

我的第一篇小說，是出差的時候，坐在飯店的空浴缸裡寫出來的。獨自一個人出差，有時候會莫名怕鬼，所以我窩在浴室裡，寫關於阿媽的事。

那個時候，我其實沒有想過自己會得獎，會出書，我只是寫一個存在在那裡很久的，只有我才寫得出來的故事。

日常生活中，我是一個興趣很少的人。不會烹飪，不喜歡運動，只要是圓的東西通通都不會玩，不知道什麼是作畫，跳起舞來簡直跟講笑話沒有兩樣。

只有小說能讓我在日子裡覺得快樂，我經常迷戀一個作家，就會花上幾個月把他所有出版過的書看完，我很感謝願意一直寫著小說的人，我很感謝他們替我上班族的人生，開放一些可能。

我其實是那樣學習寫小說的，把可能性寫進去，把平常生活中非常忍耐才沒有流下眼淚來的東西，把不能輕易承認的事實瀟灑地放出來。

我記得自己的第一篇小說得了文學獎，我跑去跟爸媽說，他們在住了三十年的老公寓客廳裡，雙雙站起來搓著手，露出這種事情到底是怎麼發生的不安表情。

我興奮地上網看，有個論壇裡的網友，花了不小的篇幅，講了一些工整性文學性這類的辭彙，一直罵我的小說，說系統跟架構該有的都沒有，我很厚臉皮地把這些評論都拋到腦後。

跟當上班族不一樣，當小說家是一個很脆弱的身分，我常常問自己——成為小說家需要具備什麼條件？我適合當小說家嗎？我有資格嗎？要寫長篇還是短篇？主角要用第幾人稱？告訴別人自己在寫小說是不是很丟臉？

那些年，我只能以自己的腦筋，自己的話語慢慢思索，從而獲得進步。後來有某些時候，有人會突然在奇妙的場合中，說他喜歡我的文章，害我小人得志地又寫個不停。

我試過幾種文體與創作，但小說最讓我感到自由，在小說裡，我可以裸奔卻不被看到，我把想說的話，用平常沒有辦法解套的模式，放到角色的舌尖上，我閉上眼睛，就把討厭的人寫成一隻綠色的鳥，頭頂沒有毛。

漸漸地出了幾本書後，我也開始認識一些作家，在茫茫書海中，明白自己是個不起眼的作者，也體會到當小說家要維持家計的困難。日本作者根本昌夫說：「吃過苦的作家實力堅強。」這句話有效地起了作用，我告訴自己，只要可以寫出更好看的情節，故事本身就會成功，我就像是一隻骨瘦如柴的小狗，等著主人拎著食物回來，那盼望是一條臍帶，連接著我與小說裡的每個我。

＊

回頭想起來，我是一個很喜歡找漏洞的人。

我記得自己曾經很努力要說服別人，灰姑娘的故事裡，仙杜瑞拉不是最幸福快樂的主角，大體來說，那兩個壞心的姊姊才是。

「你想想看，崔西里亞跟安納達莎，這兩個姊姊，她們有什麼差？」我通常都是這樣開頭的，接著我會說：「她們不過就是沒有被王子選上，那又怎麼樣，百分之九十九的人都跟她們一樣落選，這種事情，最多不過就是難過一天而已，其他的日子裡，她們還是過著很好的生活，有媽媽愛，討厭的妹妹也走了，家境滿不錯的啊……」

可是誰都想當灰姑娘，努力跟成功之間沒有方程式，有時候，我一直寫，一直熬，也期待自己是文壇裡的仙杜瑞拉，有王子過來跟我跳舞，說他覺得我是最好的。

*

當年得獎的小說〈阿媽的事〉，是在我的阿媽過世一年後所寫的文章。

我很想念我的阿媽，想念她躺在床上說虎姑婆的故事給我聽，想念她總是帶我去理髮店，把我的頭髮剪得很難看的日子。有一陣子綜藝節目很流行十秒落淚，我在電視機前面，想著若有一天我要參加比賽，我就會想阿媽，然後應該數到五就會順利哭出來。

想起阿媽，我會先想起她的臉，她燙得捲捲的白色頭髮，還有她拿鈔票換成零錢，一把一把地替我投進玩具車，車子搖動起來，伴著兒歌在耳邊高唱。爸爸說過，一天給小朋友坐兩次就好，她左耳進右耳出，總是一次給我坐兩百元。

阿嬤的大方，遠近馳名，水果攤老闆看見她，會把藏在背後的大顆水果拿出來，藥房老闆也是笑咪咪的，我們很少跟他買藥，但光是他門前的兩台玩具火車，我們就是消費大戶。

後來，我長大了，阿嬤開始生病。那是老人必經的過程，一次一次地進出醫院，阿嬤便一次一次地衰弱下去。我念研究所的時候，一邊照顧她，她有天病得很重，醫生說，盯緊她的血氧率，「掉到九十以下，就要按鈴。」

我看著那個夾在她手指上的夾子，連著一台機器，機器上面的數字一直改變，從九十五，變成九十二，然後是八十七，八十三，我不敢睡覺，抱著課本，那一周是期末考周，壓力很大，我好幾次錯過小組討論，同學也不是很諒解我。

不知道從什麼時候我開始哭，哭得很慘，喘不過來，一個住院醫生半夜巡房，他坐在我旁邊，拿著一個氧氣罩，遞給我，「吸一點純氧會比較好。」我接過來就大口吸氣。

那個畫面，我跟阿媽同時戴著氧氣罩的畫面，常常回到我的記憶中。

〈阿媽的事〉是我寫的第一個故事，之前有人問我，是不是我在醫院裡遇見了白馬王子，所以才讓故事的主角也在照顧家人的時候談了戀愛，其實不是，我只是寫到一半有點同情故事裡的阿杰，他那麼年輕，醫院那麼無聊，才找一個女生來愛他，現在想想很好笑，原來我也有點同情當時的自己，滿沒用的。

有個遙控器的故事是這樣的，某天我向爸爸抱怨，病房交誼廳的電視，總是被其他家屬給霸佔，那些家屬都看歌舞秀，我搶不到遙控器，想看的節目都沒辦法看。

爸爸沒說什麼，交班的時候跑去萬華買了一隻萬用遙控器來，「用這隻遙控器，只要頻率設定好，所有電視都可以使用。」就這樣我把萬用遙控器藏在外套裡面，跑到交誼廳去坐著，電視會自動跳到我要的頻道，其他人都搞不清楚發生什麼事情。

有一天護士發現我獨自在看電視，神經兮兮地跑來跟我說：「妹妹妳不要一個人在這裡喔，我跟妳講，大家都說這台電視有鬼，它會自己轉台……」

我想起有一次，我跟阿媽住在病房裡，半夜有一群黑衣人進來，探望隔壁床的病人，那個病人是個中年男子，身上有刺青，奄奄一息地在睡覺，黑衣人壓低聲音，把槍拿出來，在我們的房裡走來走去，阿媽的簾子被拉開，幾個小弟看了我們一眼，我在陪病床上一動也不敢動，他們考慮了一陣子以後才離開，我嚇得不得了，全身都是汗，反倒是在深夜裡，阿媽突然淡淡地說：「阿孫喔，歹路不通行妳知影沒？」

我曾經偷偷帶阿媽離開醫院，去喝下午茶。那個地方叫作古典玫瑰園，裝潢很高級，我替阿媽點了迷迭香雞腿飯，自己點了水果茶喝，阿媽彎著腰整個人陷在沙發裡對我笑，她有點緊張，服務生經過的時候，她就會忍不住整理一下頭髮，我一直把冰塊加到茶壺裡，希望我們可以喝久一點。當時我覺得很驕傲，可以用打工來的錢請阿媽。

*

我記得醫院的那個露台。

每次我覺得人生很不公平的時候，我就會去那個露台，那裡看得到台北車站，看得到百貨公司，還有幾部往西門町去的公車，有時候我會想為什麼別人可以交朋友一起出去玩，我卻要在這裡倒尿翻身量體溫，爸爸常常跟我一起坐在那個露台上，他會買兩包餅乾，孔雀香酥脆跟椰子乖乖，一鹹一甜呱啦呱啦地吃，然後天會慢慢黑下來，媽媽帶著《壹週刊》來分給大家看，經年累月，妹妹也長大了，我們陪病陪出效率來，會輪流，一個人回家一個人留下。我一直到阿媽過世以後，二十八歲的時候才第一次跟朋友去ＫＴＶ唱歌，其實沒有我想得那麼好玩。

我常常想，等到有一天，我離開醫院，一定要去做自己想做的事。

現在我是一個大人了。

結了婚，生了一個孩子，每天工作到很晚，最近我們決定搬家，離婆家近一點方便接送小孩。我在新家附近散步，試圖認識環境，轉個彎，發現阿媽的醫院，就在我眼前。我看見那個露台，看見玻璃落地窗裡面走來走去的醫護人員，一時之間，我想起那些日子，氧氣罩、茶水間、陪病椅、需要秤重的尿布，那個不知道外面世界在流行什麼的我，還有我的家人，我其實從來都不想要更多。

阿媽，我自己做到了，我沒有行歹路，希望妳不要為我擔憂，我雖然沒有很成功，可是也不算很失敗，跟妳在一起的日子，是我最好的日子。我會好好照顧家人，在另外的世界裡面，也請妳好好照顧自己，時間到了我們再一起，喝茶睡覺，坐玩具車。

妳相信嗎？連我的孩子，也有一個很好的阿媽。

＊

我為了寫作這個夢想，受傷過幾次。

第一次，是我要出第一本書，有一些推薦人的話語，把我哄得飄飄的，我以為自己要紅了，結果當然是想太多。

我很後悔自己拍了一個短片，談論創作經驗，介紹自己的小說，還有理念，其實我那時候，腦袋一片空白，鏡頭逼得很近，我就結結巴巴地亂說了一通。

我曾經寫過一陣子專欄，很多時候連稿費都沒有收，只要有人邀約，我就寫，愛情的、工作的、親情的、旅遊的，各式各樣的故事。

我記得還有個媒體平台邀我去演講，談的是結婚大事，那是一個媒體跟某個國外旅遊局合辦的活動，希望國人能考慮去海島結婚，我自己準備了簡報，講了一個小時我多麼喜歡婚姻，結果得到一個餐盒，裡面有泡沫紅茶跟一個奶油餐包。

「那妳吃了嗎？」朋友問我。

「當然吃了。」我說，「就算不吃，也沒有人要給我錢或是別的什麼啊。」

我一直一直想要成為全職作家，想得頭皮都要破了。

*

我出三本書的時候，換了一家出版社，那個時候我是這樣想的，或許不能成為知名作家，不是我的問題，而是出版社的問題。

因為一個奇妙的機緣，我認識了另一位作家，她介紹了她的編輯給我，於是我便快快樂樂地又開始埋頭創作。

我那時候也都沒有想過，為什麼第一家出版社沒有強力留住我？大概是這樣的「一本作家」，他們看了很多吧。

第二本書談的是愛情故事，那一陣子，我把想得出來的愛情，通通寫過一遍，走在路上，簡直就像進了五次榨汁機的橘子一樣。

「妳只談過一次戀愛，這對妳的寫作之路，會有侷限喔。」曾經有個企畫這樣對我說。

我不想承認，不過她說得沒錯。

*

從網路上看到一篇文章，標題大大的寫著——「ＡＩ來了。」

其中有個議題，是在謅ＡＩ人工智慧要寫小說，參加文學獎比賽的事情。

不只這樣，ＡＩ能作詞，還能作曲。

前幾期的《商業周刊》談ＡＩ，採訪王力宏，提問：「你覺得王力宏會被人工智慧取代嗎？」

王力宏自信地回答：「我覺得不會，機器越來越像人，但他不會成為偉大的音樂家。」

我對這件事沒有信心。

我本身也在這個產業裡，這幾年來，見識著人工智慧越來越進步，一開始是司機、店員，會計師開始逐步被人工智慧取代，很快的，醫生這個行業也有人工智慧了，創新工場董事長李開復預言，人工智慧會取代五成以上的工作。

前一陣子，Google發布新聞，將運用量子力學（quantum mechanics）打造新型態的電腦，大型的量子電腦具有驚人的運算能力，能夠加速機器學習，顛覆一般人對人工智慧的想像。

什麼是量子電腦？

量子電腦主要在解開優化類型的題目，比方說典型的銷售員路徑問題。

白話一點的說法——

想像你有很大的衣櫥，裡面有很多衣服、鞋子和配件，其中還包括最適合的妝容，以及今天的氣色等很多維度。你要決定今天要穿哪一種組合。

傳統做法是一套一套試，一步一步來，試到你最喜歡的，要花很多時間。

量子電腦的優點是：因為量子態疊加的關係，它其實是「很快速地」試穿「隨機組合」，然後選出一套這些組合中最好看的給你。

文章創作會是優化類型的題目嗎？ＡＩ能夠靠機器學習自成一個文派嗎？

我不知道，不過就我的理解，至少ＡＩ有能力寫出不錯的故事，甚至模仿某種文體，寫出作家本身都辨別不出真假的文章。

每次想到這件事，想到有一天我自己可能認不出自己寫的東西，我都很想喝一大口熱巧克力壓壓驚。

*

因緣際會中，我受邀去參加了一個作家的論壇。

當天的題目很大，談的是新時代的創作，有四十多個作家參與，主辦單位把所有人分成傳統與網路兩大派別，我坐在網路這一邊。

很多人說網路作家，不是真正的作家。

當那個問題被提出來時，一場辯論開始了，網路創作是不是真的文學？網路作家是不是真正的作家？

我想起了很多相似的問題——

中醫是不是真正的醫學？素人選手是不是真正的歌手？長頸鹿美語是不是長頸鹿本人來教？

這又讓我再度想起唐吉訶德的故事，他是一個瘦削的、面帶愁容的小貴族，由於酷愛閱讀騎士文學，走火入魔，騎上一匹瘦弱的老馬，找到一柄生了銹的長矛，戴著破了洞的頭盔，開始遊歷天下，鋤強扶弱，為人們打抱不平。

在他心裡，他做所有騎士該做的事，從來沒有懷疑過自己是真正的騎士。

因為人很多，我沒有太多說話的機會，所以就一邊喝著茶，吃著蛋糕，一面默默地想事情。

新時代的創作，我先是想到讀者的介入。

過去，作者孤獨地創作，好不容易寫成一本書，出版過後，讀者的意見與反饋，也只是像百貨公司周年慶裡面，贈品一樣的東西。

而網路創作多是有一個平台的，作者經營粉絲頁或是個人網頁，將一些半成品，公諸於世，與觀眾分享，於是作家這個行業，便不再是寂寞的單向道，反而變成圓環式的交通道。

讀者現在，此刻，就在跟你說話，此時此刻，你給他一個機會，讓他坐進來，變成共同創作的一部分。

網路就像腎上腺素，一打下去所有細胞都活躍起來。

對於網路作者來說，每一天，甚至是每一分鐘，你都可以看到其他的作者在寫什麼。

這有時會造成一種恐懼感，好像你看得到敵軍有多少人，多少軍糧跟武器。

有時候，網路的透明性、速度性，會使作家軟弱，因為心裡的恐懼使得自身全身不舒服，不得不趕快推出一篇新的文章，長的短的都可以（大部分都是很短的），先求有，再求好，新的ＰＯ文就像是痠痛貼布，可能作品的好壞，變得不是那麼重要。

有句話說：「我跑得很快很快，可是我不知道要跑到哪裡去。」

當今的社會裡，每三個人，就有一人會死於癌症，我想，每三個作家，有一個會因為改變寫作方向，而死於無人問津。

可是不改變方向，一輩子都當兩性作家、親子作家、旅遊作家，對於作家來說，難道就是延年益壽的良方嗎？

究竟讀者介入的創作到底讓創作的作品變得更好還是更差？

我不知道，我想起曾經有位編輯建議我當旅遊作家。

我：「可是我不常旅遊。」

編輯：「妳那麼常出差，總是有點東西可以寫吧，旅遊這個專題很熱門，真的不考慮當旅遊作家嗎？」

那個編輯對我的工作瞭解不深，出差的時候，我有一張紙條，上面通常只有兩行字，分別列出公司辦公室跟飯店的地址，那大概就是我一般在國外能產出的文字量。

不過，我還是答應了編輯，寫了幾次旅遊的事，那時候我才剛起步，意志不堅、是非不明，連我都不知道自己是什麼東西。

＊

某天我跟彼得說了我的心事。

我：「我覺得當一個作家好痛苦。」

彼得：「為什麼？」

我：「因為根本就沒有人在買書，真的很少。大家都在做別的事情，作家比讀者還要多，我們生在這樣一個年代你明白嗎？」

彼得無語。

我：「然後我想要寫小說當作家，以我的能力，實在不可能，我之前也有說過，排行榜的事情……我抱著這樣的夢想過日子，還要繳房貸跟養孩子，根本是個傻瓜。」

彼得陷入沉思。

我：「出完這本書以後，我覺得很挫折。」

彼得安靜了好一陣子。

我們走在小巷子裡，拎著晚餐，拖著長長的影子。

我：「唉，你要不要安慰一下我？」

彼得：「欸……我問妳一個問題。」

我：「什麼問題？」

彼得轉過頭來，認真地看著我：「我問妳，妳覺得當年秦始皇焚書坑儒，是不是因為他也想出書？」

*

第三本書，是寫我先生彼得。

彼得是我生活中，另一個重要的故事人物。我腸枯思竭的時候，轉頭看向他，就覺得或許是時候，拋開嚴肅的命題，寫寫看笑話了。

寫彼得的那段日子裡，我在臉書上的專頁突然活躍了起來，果然奇人異事有它的魅力，網友紛紛留言鼓勵，我便在這樣的氣氛裡，利用著零碎時間，一篇一篇的極短篇，寫著傻傻的日子。

為了這本書，我們去王文華大哥的廣播節目宣傳。看到名人總是很緊張，我記得王文華讓我玩他的音效鋼琴，我怯怯地按了幾下，那場採訪，我的聲音一直都是尖尖澀澀的，反而是彼得比我鎮定許多。

王文華還開玩笑說，「妳現在結婚了，恐怕很難再好好寫作了吧！」

我依然很不服氣，但後來我發現我總是在別人說出真相的時候覺得不服氣。

後來因緣際會，我還當了一次代班ＤＪ，我帶著自己的好朋友當嘉賓，逼我的同事把車停在路邊call in，他是基隆的謝先生，講了一個保險套的故事，太好玩了。

彼得跟我以夫妻的身分，接受了雜誌採訪，我發現記者是很危險的人種，她先是陸陸續續地問了一些無關緊要的問題，接著若無其事地塞進一題，是問彼得覺得妻子可以在性愛過程中，有什麼改進的地方？

彼得很用心地想了一想，接著說：「我希望她喔，可能就是，那個過程裡把眼睛睜開的時間多一點。」

當鏡頭靠得很近的時候，人類都會亂說一通。

讓彼得貿然接受採訪，這件事情讓我後悔死了。

＊

我的人生變了。

漸漸的，想當作家的心，也因為婚姻與家庭的繁瑣，逐漸淡薄下來。

從一個人，變成兩個人，然後三個人。

羅比睡著的時候，我擔心他會呼吸中止，幾分鐘就探頭查看，喝奶的時候，我擔心他噎著，拍嗝沒拍出來，就只好在夜裡直直地抱著在客廳裡愣愣地閒逛，我還沒有信心，自己能順利養大一個孩子，大部分的時候，我睡眠不足滿身大汗，覺得自己像一隻馬戲團的大象，小小的木樁，把我栓得緊緊的走也走不開。

生兒育女對我來說，最明顯的影響，便是放在床頭的一本小說要分五十次才能看完，經常記不住主角人物的身世背景，只好往前翻頁重新再看。我每天都在斤斤計較起剩餘的自己，我明白不論多厲害，終究做不完所有的事，看不完所有的電影，為了節省時間，我不再怨恨誰，不太因為委屈就淚流滿面，對於人生，關於理想的設定，我從超人心態退役下來，計算著油量與承載量，變成實事求是的駕駛。

這不是我人生最輕鬆的時刻，我是新手媽媽，也是一個職業婦女，每天早上起床，我總要立即就戰備位置，把化妝的時間改成餵奶，然後在捷運車廂裡望著玻璃的倒影匆匆梳頭，在重要會議中，我經常不自然地瞪著對方，以免一不小心就呼呼睡著。

我不能再花時間顧及那些夢想理想的事情，寫作養不了家，也無法對現實生活產生多麼偉大的實質利益，有沒有想過放棄？

我當然有。

*

我有很長的一段時間不寫小說，甚至連小說都不讀。

我跟寫作之間，唯一扯得上關係的，便是持續在網路上發表彼得的笑話，後來還把兒子羅比的日常生活也加了進來。

網路時代，對作者造成的影響，其實不全然是壞的，通常來說，在網路上的創作者，產量都是豐富而且入世的題目為多，也因為網路互動的關係，我覺得擁有什麼樣的一批讀者，變成一個網路文學作者，將來能成為什麼樣的創作者的一項重要變因。

寫得好時，有讀者的喝采。

寫得差時，網友也會指正你，有時候只不過是一點點的瑕疵，也會被打得皮開肉綻。

我在網路上跟讀者互動，得到很多樂趣，不過，我也多多少少聽過幾個恐怖故事，有人收到奇怪的內褲，有人無故被舉報虐待動物，有人遇到跟蹤狂，還有人收到死亡威脅。

我不只一次因為這些恐怖事件，而想要收掉我一直在寫的故事，我想要以作家的身分出名，卻不想要以作家的緣故出事。

如果可以的話，我覺得社會大眾要同情網路作家，他們暴露在外，風吹雨打，看起來很樂觀向上，其實被網友欺負的時候，不知道一個人在家哭了多少次。

*

講到會讓作家害怕的事，還有這個。
台灣有個名詞，跟我同姓，叫做葉佩文。

查了資料，葉佩文，這是網路上的流行語，大約在二〇一二年開始出現，暗指「業配文」的意思，也就是「商業配合文章」，簡單講就是「廣告文」。

有時有些文章有推銷某種產品的嫌疑時，讀者的推文中就會出現葉佩文三字，表示認為文章立場不公正，是為某廠商公司所作的廣告。

寫作不值錢，很多網路作家，若是全職作家，都必須靠業配文謀生。就我知道，大部分部落客都是靠業配文賺取費用生活的，但是現在人不喜歡業配文，所以寫得太明顯、做作或做假就容易被討厭，所以網路作家只能偷偷摸摸地，東塞一點，西塞一點，拿著相機拍照，做成好像是自己掏腰包去買的最新產品開箱介紹。

一些話術包含了：「我本來不相信，結果用一次就上癮」、「這是某某阿姨送給我家寶貝的禮物」、「之前就看中這個產品，結果老公心電感應居然買來送我」、「姐妹私心推薦所以我立即衝去購買」……

根據台灣法律規定，如部落客收錢屬實，卻沒告知讀者是商業合作並有附廠商連結，屬於違法行為。如有發現，民眾可向公平交易委員會舉報。也就是說，收錢就該注明，不然就是欺騙讀者。

但於此同時，很多廣告業主為了流量與口碑行銷，會私下要求部落客不許注明商業合作。

如果可以的話，誰想欺騙讀者？

我也接過幾次業配文，感覺並不容易。

一次是去旅遊，有一個工作人員在一旁跟著全程拍攝；一次是用強力吹風機吹頭髮，我尷尬地把梳子掛在瀏海上，無法順利地拔下來。

不知道為什麼，每次推銷著產品時，都抱著好像做了壞事的心情，大家都以為網路作家賺很多錢，其實大部分的時候，只是有點像明星陪吃飯那樣，緊張兮兮賺一點生活費，我很慶幸到目前為止，我的網友都很正常地看著我在推廣產品時的笨手笨腳，給予一些適當的鼓勵。

我希望自己在這件事情上能夠大方一點。

*

失眠的夜晚後的早晨，我向彼得抱怨：「自從嫁給你以後，我一篇小說都沒有寫出來。」

他想了想後說：「妳可以開始寫古裝，我跟妳講，瓊瑤就是這樣紅的，妳應該多寫一點古裝。」

「我才不要寫什麼古裝。」我向天空揮拳，表示抗議。

「是妳不要，還是妳根本不會寫？」彼得露出看不起的眼神。

所有的婚姻都有這麼一個時刻——

妳的另一半給出無語問蒼天的建議，他覺得自己很有道理，妳只能咻咻咻地對天空揮拳。

用力多揮幾拳，就不會那麼生氣了。

＊

在創作的路上，大多數的日子都不光彩，熱臉貼冷屁股，我把能做的傻事都做了。

在初為作者時，曾經有個邀約，是問我願不願意為雜誌拍一些性感的照片？

邀約者說，像妳這樣的女作家，得了文學獎，如果願意穿少一點，出現在媒體前，很有意思。

我當時惦惦自己的斤兩，回家照了鏡子，實在沒有信心，所以拒絕了，但如果我身材好一點，或許會不顧一切地跨過那條線也說不定。

最近我做過最傻的事情，是事隔五年，當我終於過了得獎者不得參賽的期限，再一次興沖沖地投稿去參加一個報紙辦的小說獎，結果我兩天沒睡，死命地寫著一個有關未來科技的思辨小說，列印五份，慎重地裝在牛皮紙袋，跑去郵局寄出，兩周後在新聞裡才發現，那個獎項已經宣布停辦了。

二〇一八年，我又開始抓緊時間，寫了三篇短篇小說，不過，一篇都沒有發表。某天，我把三篇合起來看，發現它們都是同一個故事——一個中年的普通男子，某一天突然懷疑人生，放棄一切，回頭去尋找過去的可能。

我簡直不敢相信，這裡面什麼創新都沒有，提不上精彩，只是我心情的投影。

我後來發現，這世界上有各式各樣的人，有的人會因為工作而上當，有人因為感情而受傷，而我就是一個長期被夢想所騙的人，我仍舊到處兜售我的小說創作理念，直到寫這篇文章的這一秒，還是乏人問津。

不過，其實很多人為了各種原因都做過傻事吧，究竟作家是什麼？成功是什麼？受歡迎又是什麼？這件事情誰知道呢？又是誰，有資格躲在舞台的後面，專門給每篇文章分數呢？

雖然有點受傷，不過我還沒死心。

如果說，夢想終歸是個詐騙案，就讓我在那個騙局裡傻笑，覺得很榮幸，也不是太壞的事情，經過的時候請放輕腳步，千萬不要，千萬不要把我吵醒了。

7

是誰伸出手打我一巴掌

我有過志得意滿的二十歲。大學畢業，在顧問公司實習，將科技公司的國外拓展方案寫成論文，研究所讀完，加入一家外商公司，然後再跳到另一個外商公司。

那陣子的我，志氣很高，雖然當時的人生並不說得上是過得多麼順利，但是一件事情接著一件，總是有幸運的成分在裡面，我沒有太多顧慮，什麼事都願意嘗試，每天的心裡都充滿很多熱情。

說起來，二十幾歲的人能明白多少呢？至少我很多事情是不懂的。不過我也是仗著那個不懂，才不至於受到太多傷害。

我記得有一次，有個工作上共事過半年的主管，約我出去，說是談談職涯發展的事情。我當然很高興，二話不說就跑去，見面時，那個主管突然說：「啊呀，我剛好要去看車，不然妳陪我一起去？」

我從來沒去看過車，就跟著去，主管一到現場，服務的人員便又是茶水又是點心的送上來，負責的業務問，覺得這款車怎麼樣？

主管便指指我說，「小姐喜歡，我就覺得好。」

然後一堆人就對著我笑。

這件事最後，是我問了主管，「你為什麼要買這台車？」

他支支吾吾說，「我，我覺得這台車的瞬間加速的馬力滿好的。」

我跑去看價格，驚訝發現，這台車要五百萬。

我記得自己馬上回答，「不然你給我一百萬，以後你要去哪，我背你去好不好？」

對方露出難以理解的表情。

後來我老了一些，才明白這看車事件裡面的含意，當時的我傻傻地喝了好幾杯茶，吃了一堆點心，我想到自己居然提議要背一個男人在路上跑，連耳朵都紅了。

*

曾經有一年，我在中國工作，因為業務需求，我沒有居住在一個定點的城市，平均每一周，我就會飛到一個城市去，上海廣州北京台北，我繞來繞去，大部分時間都是住在飯店裡，周末或是下班的時候，我就一個人在路上走來走去。

發生過幾件事。

有一天，冬日下著雨，我在上海的街上兜著圈，我穿著大衣，那大衣太長了，看不到鞋帶鬆，走進飯店前，一不注意，腳一滑，就一路滾下階梯。

我掉到一個角落邊，頭下腳上一頭撞上一根圓圓的紅柱子，撞得昏昏的，柱子上的鮮紅色，也在我的視線裡漾開成光暈，胸口喘不過氣，鼻血都流了出來。一開始沒人看見，我只能躺在地上，過了一會兒，終於一個穿著制服的保全走過來，「妳怎麼啦？」他問，用字正腔圓的口氣數落我：「外地來的啊？穿這鞋出門，肯定摔得不成人形……」

我很想家。

我躺在地上，全身都濕著，我把鼻血擦在袖口上，搖搖晃晃站起來，發現自己差點因為跌倒死掉，因此很想家。

想起那時的我，剛開始在異地工作的時候，朋友真的很少，我記得自己坐在中國移動的電信行的店面，捏著台胞證，等待申請電話號碼，那時的中國處處是機會。

有次我無事又在路上走，意外交了一個朋友。

他的名字叫龍哥。

一開始，我記得自己是要去買一張絕版的電影光碟，我問一個小攤販，他說：「這裡沒有妳要的那個片子，妳等等，我打個電話叫人，他是我表哥。」

接著一個梳著油頭的中年男子現身，給我一張名片，聲稱自己叫做龍哥，「得走一段路去取碟，要嗎？」他禮貌性地詢問，我想也沒想就跟著他背後走了。

路越走越不對勁，我跟著龍哥，穿過幾條小巷子，幾間民宅，左彎右拐，走過一個人家中，裡面有四個老太太在打牌，穿過天井，接著上樓，進了一個小房間，那房間門一打開，龍哥按了一個鈕，閃亮亮的燈光跟天堂一樣照耀每個角落，只是這個天堂裡面，一排一排的，全都是仿冒名牌包。

「順便看看吧，不勉強。」龍哥靦腆地笑著。

我有點害怕，怕自己要是不買，就回不了飯店，只好硬是挑了一個包包，付了錢。

龍哥把我送出去，又走回到他的表弟那兒，結果表弟笑嘻嘻地從後方拿出我指定要看的光碟片，「送妳。」他熱情表示。

這故事還沒完。

我餘悸猶存，把新買的包包帶回家，家裡的婆婆媽媽很是喜歡，等我下次要去上海時，又囑咐我再多買幾個。雖然覺得不太好，但我也沒拒絕，硬著頭皮，循著名片上電話打過去，龍哥說，沒問題，妳別麻煩，要什麼直接說，我請人給妳送去機場。

「咦？你不能帶我去上次那個房間嗎？」我問。

「我啊，」我聽見電話那頭的龍哥，爽朗地笑著，他一派輕鬆地表示：「我就算想帶妳去也沒辦法，前幾天逃公安，從屋頂上跳下去，結果沒跳好，把腿跳斷了。」

在異地工作的記憶中，還有另一件事。

在職涯剛開始發展的前端，我是很享受住飯店的。我在上海的時候，長期住在一家很有年代感的揚子酒店，在人民廣場附近。關於那一家酒店，我有一個很鮮明的回憶。

那是一個周末，我留在上海工作，遇到了一個很不可思議的事情，我一直聽到一個不明男子，靠著我的房門，對著我說話。

「小姐，妳開個門吧，小姐，我知道妳在裡面，妳怎麼這麼絕情呢？小姐，妳開個門讓我進去吧。」他一直反覆說這樣的話，細細的聲音像個太監。

我不知道對方是誰，但他隔著門自問自答，跟著我聊天，絲毫沒有離開的意思。

「小姐，妳也是一個人吧，嗯？小姐，妳怎麼不回答我呢？我很會服侍人的……」

我非常非常害怕，打了幾次電話給飯店的櫃台，服務人員上來查房，也查不出個所以然來，都說沒看到有人。

這樣反覆幾次下來，我連他是人是鬼都不知道，「小姐，妳為什麼，為什麼這樣躲著我呢？我很好用的，我能替小姐洗腳，餵小姐吃飯，哄小姐睡覺……」

細細的聲音從門縫裡溜進來，我終於忍不住，躲進浴室裡，把門反鎖，抱著電腦，坐在馬桶上，哭了。我整天都在浴室裡不敢出來，那裡是唯一一個地方，我聽不到那個男人的聲音。

故事也還沒有完，中國的故事都不隨便結束。

傍晚，那個男人好像不在了，我哭累了，肚子很餓，於是鼓起勇氣，走出房門，走了幾步路，然後，眼角餘光，我看到了他。

他是一個胖胖的男人，頭有點禿，躲在角落的一間房間的門框裡，他立正站著，背貼得直直的，只有肚子向外凸出來，我跟他四目相接，他緩緩地探出頭來，對我招招手，露出一個燦爛的笑容。

「唉呦，我的大小姐，妳可等壞我了～～」

我開始跑，死命地往電梯飛奔，那一刻，我覺得自己會死在這裏。

我當然沒有死，那個胖胖的禿太監也沒有追上來，我甚至不確定跟我隔著門說話的人就是他，但直到現在，我都記得他輕佻的笑容，他緩緩移動的招呼手勢，跟那如女性般的聲音小姐小姐的叫了我一天。那一天我在上海哭了好幾個小時，百米衝刺地在飯店走廊跑，也做了好幾份事後看來很憂傷的簡報。

我從龍哥跟太監的手中活下來了。

每次想到這點，就覺得自己很勇敢。

*

要我形容二十歲的心，是很難一次說明的。

我很清楚的明白當時的自己，永遠是熱熱的，很想被認可的，偶爾覺得痛苦的時候，我就看看存款簿，吃一點垃圾食物，睡一覺起來，什麼事都忘了。那幾年，時時刻刻總會出現一些目標，在前方向我勾引著，我像一隻小猴子，為了各式各樣的香蕉而奔走，我也喜歡這樣被前方牽引的過程，我是一隻猴急得很快樂的小猴子。

我也不知道為什麼，在過了三十四歲的某一天，我的心就這樣冷下來了。一切都很突然。

並不是怎麼了不起的重大事件，至少我想不起來有任何命運式的徵兆。

我只能猜測，會不會是有一天，我下載了一個ＡＰＰ，發現就算在非常樂觀的情況下，我也大約只剩下一萬五千天可以活。

「這麼少啊？」我想著，「那麼，我想做的事，我喜歡做的事，大概是來不及在這一生完成了。」

那個想法像種子一樣，在我心裡埋入很深的地方。

仔細回想，我的人生是這樣展開的——求學，進入社會工作，接下來結了婚，兩年後生了一個小男生。

我曾經期許自己變得很特別，但仔細去想，這一條路直直地往前行，完全沒有出奇之處。

路標一：結婚的那一天，我戴著長長的假睫毛，拖著白色的裙襬，對著賓客傻笑揮手。那個時候的我，以為婚姻就像禮服一樣，白色的裡面還是白色，蕾絲的後面接著蕾絲。我離開爸爸媽媽，搬進一個新家，跟一個男人生活在一起。

路標二：生產的前兩周，我異於常人地發奮工作，原因無他，只是這份工作是我唯一擅長的事，夜深人靜時，我腰痠入骨，只能窩在沙發上，六神無主，搜尋著生產的相關訊息。我還上了內政部的網站，查詢單年度在台灣因妊娠而死亡的人數。

我突然覺得死亡離我沒有想像得遠。

大人就是這樣吧，你很害怕、你很無助，可是你長大了不能隨便把心裡的話跟別人說，只好都跟搜尋引擎傾訴。

請問Google，我會死嗎？這樣一路下去，我就快要毫無特色地死了嗎？

*

我有一段小短篇，寫了開頭，就寫不下去了：

到了一天的尾端，他變得很煩躁。

妻子在洗澡，要他看著孩子。

他很煩躁，主要原因不是孩子，或是那首卡通歌，電視新聞插播颱風訊息，他在對自己生氣，他發現人生的庸俗，他就在那個颱風眼裡。

他已經過了人生的一半。

他離六十歲，比二十歲近。

俗氣睡袍的妻子走出來吃維他命，他很討厭關於養生，營養，補充膠質，保護膝蓋那些話題。

再等一下，他的太太就會在床上跟他討論請外籍幫傭的事情，他用缺乏葡萄糖胺的膝蓋都猜得到。

他還以為自己有機會去闖一闖。

妻子走了進來，緩緩坐下，他先發制人，跟妻子說：「哎，我還以為自己有機會去闖一闖……」

妻子把一大坨面霜塗在臉上，隔壁房間的孩子哭了，妻子站起來，接著喃喃自語說道：「我也以為自己有機會多睡兩個小時啊。」

*

過了三十歲，我有一種感覺，好像第二次去同一個地方旅行，好像重複看同一本書，所有事情都很像，路徑章節也相同，但心裡的感覺變了。

我很懷疑自己，對自己曾做過的各種決定感到懷疑。

我突然覺得自己掌握不住人生的竅門，追來追去，到底是做什麼？回答不了這個問題，漸漸地，也不再有熱情去為了什麼事情義無反顧。

突然之間，原來時間比金錢重要，原來我不能通通都有，原來只能二擇一。

有天的日記是這樣的——

中秋前，我們團隊來到基隆的民宿玩。

我睡不著。

做了年度規畫，做了業績考核，我不常討價還價，但最近，對著我討價還價的人變得很多。事情開始不合理，我很不快樂。

我生病了很久都沒有好，原因是我一直好希望自己生病，乾脆病到沒有選擇更好。

想到自己變成這樣，希望壞事情發生在身上，就覺得難過。我不喜歡自己是努力的，卻因為心態問題，變成第一個要離開比賽的人。

或許睡一覺起來就會想到辦法安慰自己，或許去洗個澡。只是不敢相信，我每天都靠一天一天的想辦法安慰自己過日子。

為什麼《西遊記》的主角唐三藏，在取經的過程，都不會喊一聲累呢？
是不是，因為他很喜歡自己正在做的事？或者是，他已經想通了什麼？他為什麼不找一個妖精談場戀愛就好呢？

有時候我很羨慕孫悟空。

他沒有什麼特別背景，跑到天庭去，把一百零八個天兵打得東倒西歪，又跑去五指山，挑戰既有規則，搞得一塌糊塗，鼻青臉腫。

我覺得孫悟空滿做自己的。

睡前我想著，如果斷然離開現在的人生軌跡，我是不是能夠自由一點？
如果我終於決定當孫悟空，就算天庭的人都討厭我，我會為自己感到驕傲的。

＊

因為仍然在職的緣故，我幾乎不能透露工作的細節，或是我在這方面的心情。

「但我是個業務，很多很多年了。」

我想這句話大概把我想講的，都大致涵蓋進去。

我覺得業務這個工作，不一定一直都是在求別人，或是爾虞我詐的談判，大多時候還是以服務為主，台灣人有個特點，就是不論做什麼，都做得滿像服務業的，這件事情有它無奈的地方。當然，我只能以我有限的經驗做出評論。

我時不時會選一首歌，當作我的業務之歌。

有一陣子我選的統統都是悲情的台語歌。

黃乙玲的〈愛到才知痛〉，是我每年與客戶談新約的時候，最常在心裡唱的歌。

愛到你心驚驚，想到你心痛痛，
我已經無資格對你講條件。
等別人對待你就親像你對我，
愛到才知影痛……

產品出狀況，無語問蒼天時，我也會對著辦公室的天花板喊著：

我問天我問天，
甘會凍麥創治，
擱再愛你，折磨是我自己……

還有五月天，業績落後時，我多麼喜歡五月天。
聽不到聽不到我的執著，

撲通撲通一直在跳，
直到你有一天能夠明瞭，
我做得到，我做得到。

有一次我被重要客戶罵得很慘，痛苦萬分地躲在家裡哭。爸爸提著晚餐來了，我跟爸爸討論自己的遭遇：「那客戶對我的指責，他說的那些事情都是空穴來風，這幾年來，我從來沒有一刻不為他的公司著想，我不能接受他那樣對我。」

我的爸爸安靜了一陣子，吃了幾口飯，終於意味深長地發問：「妳有沒有想過，會不會，對方不喜歡妳，不是因為妳有沒有努力，只是因為妳長得太漂亮了呢？」
我：「啊？什麼？」
爸爸建議：「下次妳跟老闆說，他討厭我，會不會是因為我長得太～漂～亮～了？」

我：「哪有人會這樣說……」

爸爸用一種理所當然的表情，給了建議：「妳就好好跟老闆說明，請問，究竟是不是我長得太漂亮了呢？用疑問句開頭比較謙虛，他會理解的。」

我的爸爸，是世界上最會安慰人的人，如果企業需要心理輔導員，可以找他。

我最怕面試的時候，對方突然說，我查到你是作家耶，好厲害，我看到妳寫的一個故事，我好喜歡喔，妳怎麼有辦法一邊寫作一邊當業務啊……

其實我根本沒有這樣做，我把這兩件事情分得很開，如果沒有人提起，我不會在工作上承認自己作家的身分，反之亦然。當有人把我的寫作跟工作放在一起討論，或是在工作場合裡高興地朗讀著我寫的故事時，我就覺得很緊張，感覺一絲不掛，我會忙亂地否認一陣，轉移話題，直到把氣氛弄得對方跟我都很尷尬為止。

真是沒辦法，我只要提到這個，就變得怪裡怪氣，毫無自信。或許是因為這兩個身分對調，都在各自的領域上都有點不協調——作家很感性，業務是一點點浪漫成分都沒有的工作。作家會利用情緒把事情擴大處理，做成美好的故事；業務則是把所有情感都收納到縫隙裡，保持穩定務實的性格。作家是仙女，而業務則是在看到仙女的時候，會先考慮怎麼標價格；作家總是說著自己睡前想了什麼事，在我的工作經驗裡，當同事提到睡前這兩個字，相信我，他通常指的是稅前。

這樣的比喻舉也舉不完。

不過，如果有人問我，為什麼想當業務，為什麼想當作家，我也回答不出來，我覺得這是我性格中非常神秘的部分，連自己也不知道這些決策是怎麼做出來的，就好像我同時有牙齒也有舌頭，一個很硬，一個很軟。

請原諒我無法回答這類的問題，雖然我看起來很扭捏，但知道有人喜歡自己其中的一部分，還是會高興得整天反覆想了好幾遍。最近斜槓人生這個名詞很紅，只要有這樣的採訪邀約，我只想躲在角落，假裝自己是雙胞胎做著兩份職業，我知道總有一天我要學會愛自己的方方面面，不過現在不行，完全無計可施，我也只能接受這樣彆扭的自己。

＊

除了個性彆扭以外，我還有別的問題。每次看電視，看到連續劇裡，女生用一種很嗲的口吻說，「人家就是不要嘛……」我就有很深的感觸。

我是一個無法將「不要」說出口的人。

因為這樣，我在工作上，得到了一些不錯的進展，反正沒關係，那些身體的疲勞，心裡的委屈，眼睛閉起來睡一覺就好了，有什麼好計較。

直到我開始睡不著。

我發生了難以言述的問題。

夜裡開始失眠，準時在半夜三點前後十五分鐘，瞬間醒過來，坐等天亮便成了常態。

一開始，只是一周裡的某一天會發生這樣的事，但後來，變成一種反覆的詛咒，不論我幾點上床，我每天都在三點半準時睜開眼睛，那感覺非常可怕，有一段不算短的時間，大約是十八到二十個月，我天天就這樣睜著眼睛，盯著時鐘，翻來覆去，直到天明。

到底哪裡出了問題？

我的一生，到目前為止，都滿符合社會期待，念了研究所，進外商公司就職，喜歡男生，跟初戀男友結婚，生子，買房子，換房子。這也漸漸成為我心裡的一種負荷，好像不這麼做是不行的。

令我更感到失落的是，我甚至連心願都是世俗而不具任何想像力的，比如說，很想要環遊世界。

聯考時代，考最高分的孩子，其實選擇最少，只有醫學院、資訊工程跟法律可以選。

《哈利波特》的作家J．K．羅琳說過，人生最慘的，就是在自己不想要的舞台上，大獲成功。

手機閃爍著斷斷續續的光線，我看著她說的話，停在那一行，好像每個字都有兩隻手，紛紛從螢幕伸出來打我一巴掌。

*

我依舊頂著熊貓眼跟紅嘴唇去上班。

熟識我的同事都知道，如果我的口紅很濃豔，就表示我今天很累。在外商公司裡工作，因為組織提倡正面思考，保持彈性，開放合作，隨之而來，在暗地裡咬牙切齒是很常見的，你以為自己很平靜，其實根本沒有，你以為保住優秀的競爭力與愉快的心情很容易，其實兩者都很難，當你笑嘻嘻地忍耐一些事情，那力道就會往裡面去，這種事你或許不知道，不過你的牙齦一定知道。

有天我抱怨著自己的下巴關節無故很痛，我的同事用一個平淡無奇的口吻說，「我告訴妳，很多在這裡工作的人，下顎都因為咬牙切齒搞到脫臼過，這是真的。」

斷斷續續地，因為失眠的關係，一些小毛病開始跑出來了。一開始是眩暈，我的耳朵在坐電梯時會滋滋作響，像是有一根小電線沒接好；接著是暈眩，有時候我要摸著牆壁才能走直線，跟醉漢沒兩樣。有一次，跟著同事去台南開會，會議結束後，客戶帶我去吃冰，後來我幾乎是爬著進高鐵的。

「妳要小心，我媽媽就是得了眩暈症。」客戶像是講著警世的民間故事：「她有半年都不能直立，成天像狗一樣在家裡爬。」

還有打嗝，每十秒一次。
大腿冒出密密麻麻的蕁麻疹。
因為連續的打嗝，造成食道破洞。
眼睛視力模糊，必須按時回診做眼底視網膜檢查。

頸椎歪斜。最新的健康檢查報告書，標記出反轉的頸椎曲度，請保持良好姿勢，並至骨科，復健科與神經外科門診診治。

止痛藥，我幾乎每周都需要止痛藥。

*

這麼說吧，結婚以後，我很少有事情是一個人做的。只有這個，生病以後，我一個人去醫院，做所有的檢查。從風濕免疫科，神經內外科，新陳代謝科，腦科，精神科，睡眠檢查，自律神經檢測，胸椎頸椎X光，斷層掃描，橫跨四個醫院，我都是一個人去的。

我有一個同事，比我小兩歲，得了癌症。她說，被確診的那一個下午，她自己一個人走到公園，在長椅上哭了一個小時，「是哇哇大哭的那種，哭完慢慢冷靜下來，把眼淚擦乾以後才回家。」

直到病情緩和，整個治療過程，她都沒有告訴別人。

「我明白妳的心情。」我說，「人生已經很麻煩了，被人知道太多更麻煩。」

我並沒有要提倡或炫耀獨立就診有多麼偉大這件事情，我想是個人習慣的關係，我還是有一點點說不出來的堅持，不願意讓別人知道我很虛弱，至少，不願意在我自己搞清楚是什麼之前，讓別人先知道了，就算是親人，就算是同時間知道也不可以。

坐在診間的時候，我總是會看著其他候診的病患，不知道為何有種親近的感覺。他們可能不這麼想，因為我穿得很像藥廠業務，一直拿著電話談公事，按計算機，又笑得不明所以，但我這麼像個衣冠禽獸，純粹是因為我等一下還要若無其事地回去上班的關係。

就診的時間大約是一年左右，平均每個月看兩到三次不同科別的醫生，心得是，各科門診都好像知道我發生了什麼問題，但卻沒有辦法確切地找出因果關係，他們都叫我壓力不要太大，多多運動，按時吃飯，睡飽一點，可是我就是睡不著，也是因為睡不著，每天的壓力與日俱增。

半夜三點半，我坐在床上，唯一醒著的是冷氣機上的溫度顯示。

*

每個病人在數位時代都會做一樣的事情——我開始自我診斷。

一些文章的標題紛紛跳出來：

• 自律神經失調不是病，是壓力過大的警訊！

• 工作家事一肩扛，生病檢查無異常。

• 今年年初，聯合國官方確認：一九九二年出生的人已步入中年！「青年」被調整為十五至二十四歲，二十五歲的你，不再是青年了。

• 蘇黎世大學研究員 Alexandra Freund 和 Johannes，對中年危機有一個非常顯而易見卻又精準無比的定義——當一個人越來越頻繁地使用「年輕人」來指代一個群體時，他就開始走入中年危機。

• 心理學家榮格：人的前半生在累積自己的社會地位、教育、知識、實力、經濟跟成家立業，你如果有幸穩定到一定的程度，中年你勢必要開始面對人生的缺憾。

我上網查找，中年危機的症狀，條列幾樣基本的類型如下——

一、對生活感到厭煩。

二、想出軌或是已外遇。

三、突然對金錢或工作做出輕率的決定。
四、突然變得愛漂亮。
五、自尊心動搖，變得不快樂。
六、開始回憶過去，而且美化這些回憶。
七、永遠情懷滿滿，永遠熱淚盈眶。
八、覺得「再不做點什麼，就真的來不及了」。
九、總是嚷嚷著「我要去看看詩和遠方」。
十、突然精神出家，直接邁向老年。

除了想出軌或是已外遇這點以外，我覺得我是困在這裡了。

朋友建議我去做瑜珈、去拉筋、去踩飛輪、去冥想，「想盡任何方法讓自己從現況中出來一點。」該去的，我都去了。買了健身房的課程、註冊了線上冥想的帳號、大量喝水、在公園裡散步、緊閉雙眼，盤腿坐在地板上……

可是我在做這些事情時，總覺得自己還是塞在別人的遊戲規則裡，我跑得更裡面了，依然在某種期望的核心中航行，偏偏就是那個期望，讓我覺得不能呼吸。

要如何擺脫陷入中年危機的泥沼？

雜誌上的建議是——合理管理你的欲望。

年輕時的委屈，就如這篇文章的前半段，大部分都是具體的。中年的委屈，卻是東一點西一點，怎麼樣都說不上來了。

我對中年危機有點心得，我覺得這種徵狀，好發於喜歡做計畫並強求追根究柢的人身上。

要不是我發神經去數自己還剩下多少日子，要不是我想要做的那麼多事還在表單上，要不是我費盡力氣檢查還是找不到各種小毛病的原因，我不會無故感覺到中年的痛苦。我想起那個故事——

在一個天氣晴朗的秋天，愛麗絲和姊姊一起坐在正飄著落葉的大樹下看書。這時，一隻兔子邊看著懷錶，一邊跑過樹邊。

「不好了，會遲到！」兔子說。

「這真是隻奇怪的兔子，我跟去看看怎麼回事。」愛麗絲好奇的跟了過去。兔子縱身一跳，消失在洞穴裡。

中年，就像《愛麗絲夢遊仙境》裡的那隻兔子，跳進一個洞裡面，那個洞漆黑深邃，那些感概的聲音那麼小聲，消失在一條沒有回頭的路。

*

我向公司請了三個月的假，瞞著我爸媽。

第一天一早，就去看了耳鼻喉科，打了一針。喉嚨腫起來，休假頭一天，就發不出聲音來。

那三個月我像一隻老鼠一樣躲著，我爸媽若來家裡，我就穿得整整齊齊，溜去外面的咖啡廳寫作，再裝得一副剛下班累兮兮的樣子回到家裡。

經常去按摩的店家也問過我一兩次，怎麼這時候來？今天不用上班嗎？慢慢地，也就不問了。

我不在的那一季，業績也是順利達標，原本擔心給公司帶來的麻煩，根本不存在，大部分的公司就像NBA職業聯盟一樣，一個球員受傷了，隔天比賽，下個球員便立刻遞補上來。

我無所事事地在路上走，就像二十幾歲那樣，在街道上閒晃。

我要照顧自己，雖然逝去的青春再也無法挽回，少時的夢想搖搖欲墜，我還是要照顧自己。

我依然記得休假的第一天，那一天一早，我去看了耳鼻喉科，回到家，是早上的十一點，我換回睡衣，聽到轟隆隆的聲音。外面在下大雷雨，我把窗戶打開頭伸到外面去。是下雨的味道。

我很久沒有看著雨，然後讓雨水就在我面前下。

我的人生只剩一半，可是眼光變成兩倍。一方面我要達到別人眼光中的事情，另一方面，我還要開始做以前沒有做過的事，想著如何忠於自己。

我終於不用背著大包小包在雨中跑了。

我沒有流眼淚，也沒有微笑，我只是面無表情盯著窗外，安安靜靜地想著：「不管怎麼樣，我終於不用在雨中跑了。」

*

讀了一本社會科學的書，裡面寫到，其實人類真的會記在心裡一輩子的，都是一些沒什麼了不起的小事情。

我覺得很有道理。

當我是孩子的時候，經常丟掉東西，有個大人趁我轉過身時說：「別給她買好東西，這孩子只能用一些便宜的爛東西。」我便一直受傷到現在。

阿媽過世的那一天，我在主持一個學生競賽的頒獎典禮。為了表示慎重，我自己上網找了個化妝師，弄出一個隆重無比的妝容，師長經過時，他端詳了半天，才說，哇，我都認不出妳是誰了。

然後，鈴鈴鈴，電話來了，「喂，妳快來，阿媽死了。」

我沒有主持完那場典禮，只做了一半就匆匆離開。

我記得自己坐在捷運上，從淡水趕回醫院，列車轟隆隆的行進著，我不明白發生了什麼事情，上一刻我才在介紹頒獎人上台，頒獎人宣布得獎者，團隊擁抱，熱鬧鬧地勾肩搭背合照，接著有人拿著我的電話過來，「嘿，妳要不要接？」

列車靠站，我發現我變成一個沒有阿媽的孩子了。我開始哭，在藍色堅硬的坐椅上摀著臉小聲哭，其他的陌生人，木然地看著我頂著一個濃妝哭。

活到現在，我總算有點明白，記憶不是用理性的方式運作的，我的人生是用小事組成的，而不是那些功成名就的事，那些被歸類成人生大事的事情，對我造成的影響幾乎不存在。

大學畢業那一天，印象中就是大夥兒擠在一起，聽著攝影師說，三二一，耶！

我對於結婚的記憶，只剩下抓著裙子一直跑進跑出換衣服。

所有我應該記得的大事情，都是模模糊糊的殘影。

原來人生都是一些沒什麼了不起的小事，當你以為人生是大A的時候，其實全部都是小b跟小c。

像是我剛剛吐了一口綠色的口水，以為自己得了致命的肺病，過了半小時才想起原來自己喝了抹茶拿鐵。

或像是彼得昨天晚上連續放了好幾個奇怪聲音的屁，讓他在電梯裡很受到注目，當臭味溢出時，他在人群中用嘴形對著我偷偷說，「欸，是我放的屁。」這樣類型的事情。

*

三個月的休假結束，我回到崗位，繼續上班。
瑣事還是很多，偶爾沮喪的情緒，也不是每一次都能找到出口。
但我的人生還沒有結局，我不想再自以為自己能猜到結局。

某天跟妹妹聊天。
妹妹問，「妳身體好多了嗎？最近睡得著嗎？」
我說，好像不容易好，我只能學著不要那麼在意啊。
妹妹突然提議，「如果妳坐下來，跟那個曾經受過傷的自己，一起坐在沙灘上，妳會跟她說什麼？」
我：「啊？」
「妳必須做這個練習。」妹妹說這是她從書上看來的，很有幫助。

那天夜裡我又醒了。
這次我在黑暗裡，練習想像，跟另外那個自己坐在一起。
沙灘上有兩個我。

二十歲的她坐在旁邊，逞強的側臉像個城牆，看著海。

如果妳坐下來，跟那個曾經受過傷的自己，一起坐在沙灘上，妳會跟她說什麼？

我想我會跟她說，謝謝妳，沒有那麼拚命的妳，我就到不了這裡。

我們，終究不同了，有些事情我會開始說不要，有些事情，我知道自己不能了。

欸，所以我不得不把妳留在這裡，我把妳，跟我們的約定都留在這裡。

年輕的妳會固定成一個樣子，留在我心裡。

我要繼續往前走了，拖著有點乏力的腿，還是得走到海的另一邊。

真的，說一萬次也不夠，謝謝妳。

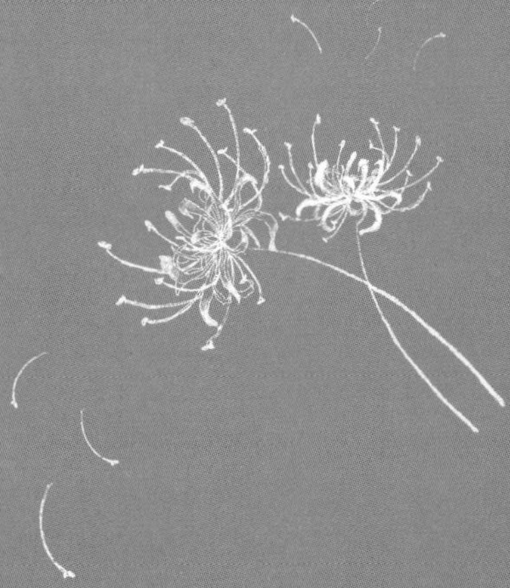

8

一年過去了，我的寶寶

一年過去了。

距離上次發現懷孕，在廁所拿著驗孕棒欣喜不已，過了整整一年。過去的一年是狗年，我也過了很像狗的一年，變化很大，等於人間的七年。

我又在相似的時間點，回到首爾出差。

回到這裡的第一天，我的心情很安穩，一個人在機場，背著行李，零下的氣溫，找計程車。

計程車司機帶我走過馬路，空氣很冰涼，他問我從哪裡來，我說台灣。

「這裡比台灣冷很多吧？」

我點點頭。

全身包得像肉粽，司機一面啟動引擎，遞給我一瓶瓶裝水，接著打開音響，放了一些中文老歌。

這個世界裡，能被好好說出來的話，無法順利說出的話，哪個比較多？能夠傾盆流出的眼淚，和沒有流出來的眼淚，哪個比較多？

我看著窗外，額頭靠著車窗，倒映出自己部分的側臉，坐在車裡的這個人，熟悉又陌生。

*

整理照片的時候，看到手機裡面的一些截圖，全部都是各種心臟瓣膜缺損的圖示，才想起我有好一陣子都在研究心臟的結構，那時候剛被檢查出寶寶的心臟破了一個洞。

我很希望我的孩子的心臟是有救的，便反覆比對超音波裡模模糊的心臟，跟網路圖片的差別。

這一生大概從沒有那麼仔細研究過四個心房心室的血流走向，肺動脈跟肺靜脈，還有主動脈之間的關係。我很在乎那個破洞的大小，破洞的位置，最後那個洞用一種奇異的方式，留在我的心裡。

想到那一陣子，心就有一點酸酸的，那條路我終究沒有走完，孩子也沒有生下來進行手術，我仍然保留著一些先天性心臟疾病的社團，偶爾就會有一些新的媽媽來詢問，如何照顧先天性心臟疾病的孩子，或是孩子開刀前的心情，我還是會仔細地研究她們的文章，偶爾留言為她們打氣，某個程度上，我的心跟這些人還是在一起的。

我終於明白心碎是怎麼樣的感覺。

我有一個朋友是編輯，鼓勵我把這段經歷寫下來，她說有很多女人都曾經歷過流產或失去孩子的痛苦，但卻很少專門寫這件事的書，「大家都把這樣的事情藏在心裡，妳也知道有多難。」

其實，這本書寫到中途時，我叫自己不要再寫下去了。

有什麼意思呢？寫這個？
告訴別人妳很軟弱，收集一些同情？
還是妳日子過不下去，非得這樣囉哩囉嗦不可？
不過一個字一個字下來，也寫到這裡了。

別擔心我，我真的好一些了。
可以吃飯，可以工作，別人說笑話的時候，也會在第一時間一起跟著笑。

人生怎麼可能不殘忍，我已經把該藏好的部分，都藏好了。我也知道，怎麼帶著受傷的那部分，在路上走來走去。

這個世界歡迎正常的人，而我也漸漸習慣，為了在大部分的時間裡表現正常，背後得付出一些代價。

*

過去的這一年，當然也是有一些好的事情。

比如說，兒子漸漸長大了。

昨天下午累得要命，我倒了一杯牛奶泡麥片，讓羅比坐在一旁喝，自己則是躺在單人沙發上，一動也不能動。

我：「羅比，我不要跟你說話了。」

羅比：「為，為什麼？」

我：「因為我累得要命。」

羅比安靜地吃著麥片。

過了一陣子，羅比問：「媽媽……妳休息好了嗎？」

我搖搖手：「噓……我不要跟你說話。」

羅比嘆了一口氣，喝牛奶發出咕嚕咕嚕的聲音，又過了一陣子，我兩隻眼睛都閉了起來，此時羅比小小聲表示：「媽媽，那裡，有個屁股。」

我轉過頭，勉強張開眼：「哪裡？」

羅比指著遠遠的餐桌：「那裡，為什麼，有個屁股。」

我：「哪裡有屁股？」

羅比：「我剛剛，看到後面，有個，有個屁股露出來……」

我跳起來，跑過去看。

我：「你說哪裡？」

羅比：「那裡啊，那裡有一個，橘色的，屁股。」

我東張西望，拿起桌上的水果：「這個嗎？這明明是個橘子啊！」

羅比露出微笑：「喔，對啊，我知道。」

我：「喂，橘子根本不是屁股。誰跟你說橘子是屁股？」

羅比保持著微笑，他低下頭繼續吃麥片。

我：「欸，顏羅比，你明明知道這是一個橘子，你為什麼要說是屁股？」

羅比又吃了一口麥片，淡淡地說：「誰，誰叫妳不理我……」

為了這個我笑了一下午。

＊

這一年裡，有一半的時間忙著替羅比尋找合適的幼兒園，也分散了我的注意力。

我買了一些準備上學相關的故事書給羅比。那些故事書很容易找，書名都很清楚，像是《我可以勇敢去上學！》、《媽媽，今天是我第一天上幼兒園耶！》、《媽媽上班時會想我嗎？》……

然後我自己坐在床上一邊看，一邊稀哩嘩啦地亂哭一通，才明白其實自己是比誰都緊張地在面對這件事。

我想到自己小時候曾經那麼不願意上學，覺得被拋棄在陌生的環境裡，看不到終點，便把自己的心情全都投射到兒子身上了。

羅比是個很講道理的三歲孩子，說起話來頭頭是道，因此全家人除了我以外，都覺得羅比會成功去學校上課，不會有問題的。

我卻在心裡偷偷想，萬一他只是很逞強呢？萬一，大家都覺得他長大了應該很勇敢，可是他只是一個無依無靠的小孩子呢？

我這一生，曾經有三次拒絕上學。

一次是上幼兒園小班，我只上了一周，我很挑食，也拒絕跟其他小朋友一起睡覺；另一次是美語補習班，我跟媽媽說我很討厭那個老師，其實是有一次我沒有交作業，被老師罵，我拉不下臉再去；第三次是國中，學校比較遠，功課要求多，有一天起床，我就不想去那個學校了。

我很感謝我的父母，在我拒絕上學的時候，完全尊重我的決定（當然也可能是因為我實在很難搞），二話不說就讓我回家，好像也沒多說什麼。

上學，真的是好難的事情。

我想著自己，想著羅比，想著要迎接三十個哭泣的孩子的幼教老師，到底誰比較想哭呢？

真希望羅比跟我不一樣，可以順利地適應團體生活，如果他不行，我也希望他能跟我一樣，得到所有必需的，無條件的諒解。

看著預備上學的童書，哇哇大哭了一陣以後，我感覺好像其實三歲的是我。

*

羅比上學的第一天，有幾個媽媽在現場哭了。我沒哭，但說起分離焦慮感，其實我比她們還嚴重，我之所以沒哭是因為我已經在腦子裡盤算要怎麼說服其他家人，不如明天就乾脆不要讓羅比來上學吧！

羅比一開始很勇敢地放手走進教室，他在脫鞋的時候問，「媽媽，妳不脫鞋嗎？」

「嗯，我不脫，我不能進去教室。」

他憋住嘴，忍耐了一下，沒說什麼，但羅比很快就發現其中鬼怪的地方，他先摸了摸玩具，看看旁邊的小朋友，接著他走過來，抱住我，在我耳邊說，「媽媽，我想我不會做到。」

「你是說你覺得自己做不到嗎？」

「嗯。我做不到。」

「你不要害怕，你就去玩。」

羅比在我耳邊說：「可是那裡我一個人都不認識。」

我是羅比認識的人，可是我卻不能在教室裡，突然好希望自己就是幼稚園的小朋友。

「媽媽，我不知道他們是誰。」羅比用很明理的方式，指了指後方的那群小孩，他接著說：「我跟你們出去好不好？」

我跟彼得苦勸他，把他往教室裡面推，羅比終於忍不住哭了。

*

羅比進進出出教室，總共三次。

第一次他很果決地走了進去，發現不太對勁，便跑回頭抱住我們。第二次他抓著老師，跟老師說，他沒有跟家人說再見，他要說再見，說完就不會再哭了，老師相信他，便把他帶出教室來，羅比抓著爸爸緊緊不放，流著眼淚，也流著汗，整個背都濕了。

阿媽問：「怎麼小女生都沒事，都是小男孩在哭？」

第三次，羅比在教室中間，哭得撕心裂肺，爸爸不忍心，又走進去抱了一下。

我蹲在旁邊看。

「媽媽，我做不到。我不會做到。」

我心裡有個聲音，告訴我兒子有難，母親得不顧世俗的眼光，挺身而出去搶救羅比，現在，就把他帶走，帶到沒有團體生活，只有爸爸媽媽跟小孩的一個小洞穴裡生火。

*

有好多家長站著不動，雙腳像是被釘在教室外，這些三四十歲的成年人，眼神都很像，非常痛苦，試著要勇敢起來，一位老師走出來，勸大家趕緊離開，她說家長站在外面，孩子很難安撫。

我簡直要把自己的手指抓爛了。

三十個小孩裡，大概有十個在哭，老師很難兼顧，她把哭得像關雲長的羅比帶到一個角落，拍拍他的肩膀後，便把他留在那裡，因為另外一個小男孩哭到趴在地上站不起來。

我回到家裡，在家搓著手，看著時鐘，只有秒針在動。

我答應中午就去接羅比，但現在離中午，還有兩個多小時，我屁股好像壽桃尖的那一邊，坐下來又彈起來。

我回憶著離開前，羅比站在教室的中間，像個孤島，他看著我們像小船漂走，眼淚嘩啦啦的流出來，那是害怕嗎？還是無力感？

身為一座孤島，旁邊都是海，是什麼感覺？

試著找事情做，可是心不在焉，時間只過了兩分鐘，彼得打開電腦，開始工作，我東張西望，一想到自己小時候獨自在幼兒園的處境，就不能再多想下去。

羅比才三歲，他是好人，除了偶爾太累會吵鬧，從來不找什麼麻煩，他認得的人那麼少，我們卻狠下心把他放在那裡就走了。

「我只有這麼一個孩子，我只剩下這個孩子。」

這個念頭不斷打擾著我，讓我非常難受。

*

失去第二個孩子後，我有一陣子，心情是上上下下的。

很怕失去羅比，眼睛仔仔細細地盯著他，有時卻又故意跟羅比保持距離，以免我要是真的再失去一個孩子，心情承受不起。

愛德華氏症的發生機率是八千分之一，這種染色體異常的孩子，胎死腹中的機率很高，剩下順利出生的孩子，平均壽命是十四天。

事情發生過後，我仔細想了好幾次，我真的這麼相信——如果要從八千個媽媽裡面挑一個出來，老天爺選我是對的。

這並不是一個多麼崇高的想法，而是就事論事而已。

我不敢想像如果這樣的事情，若是發生在一個第一次懷孕的女人身上，將有多麼恐怖。她可能會花上好一段時間懷疑自己的決定，另外又要花好長的一段時間擺脫引產的陰影。

我想起自己引產的時候，因為子宮收縮的藥物而高燒發抖不止的過程。至少我知道生產的進程，至少我已經生過一個孩子了，再怎麼難受，我會為了原有的這個孩子堅持下去。

＊

我總覺得自己沒有什麼太大的改變，卻又覺得在每個層面都變得稍微頑強一點。

工作的時候，我明顯平靜許多，隨著年齡增長，熱情跟體力，似乎是有點減退，我卻開始注意，不讓自己的優點跟缺陷都那麼明顯。我想要幫助別人，也把幫助別人，盡可能地放在我的優先順序，原因很奇妙——

過去那年，我親眼見著自己的孩子，一點機會都沒有，連活一秒都沒有辦法，便匆匆死了，我便想到，這一生，我是因為受到多少的厚愛，才能活下來的，所以就算適逢中年又怎麼樣呢？

我的母性變得很強，每個與我共事的人，在我眼中，都變成了某個母親的孩子，我心裡冒出了一種奇怪的使命，如果可能，我想要盡力給別人多一點機會，如果可以，我絕對不會去故意傷害別人，畢竟在人世間，大家都不容易，能好好活著，多麼奢侈，多少媽媽會因此開心啊。

我本來是個耳朵很硬，什麼都不輕易相信的人。

某日我看到一本書《擁抱B選項》，在說一個女性營運長驟然喪夫的過程，我買這本書時，距離引產大約一個月，那時的我頂著大肚子，什麼都不知道，可是會不會，我的人生早先一步，已經替我開始準備了？

我也是在完全不知道哪個醫生好的狀況下，被轉診到台灣最好的婦產科、心臟內外科的醫生手中，他們從小到大那麼努力念書，在工作崗位上兢兢業業，才能把我從這個關卡上毫髮無傷地取下來。

甚至是，那個風水老師，在我的養成過程中，這塊是非常空白的，我從來不知道風水或宗教是什麼，如果是以前的我，聽到有人尋求風水的建議，我會對這樣的事情嗤之以鼻，可是這一次，我在這之中理解到——如果世界上，每個人都只能靠自己活著，如果發生了重大變故，完全沒有依靠的重心，會是多麼難消化的過程。

風水老師說，我跟妳說，留不住這孩子是命中注定的，這個房子有點問題，趕緊改改這裡弄弄那裡……不管他說得對不對，在那個時間點，我便有一個事情可以開始做，我可以開始種花，而不是困在沙發上哭，有時我覺得這樣的過程也是好的。

我是活在這世界的恩惠底下的。

我未出生的孩子，讓我知道了這件事。

*

這一年中間，我曾經寫過劇本。

花了一年多，或是兩年，其實在來來回回中，我不太去細數那些日子。

寫劇本很難，尤其是零碎的時間內，尤其是，你把自以為最好的版本拿出去，卻被多方質疑的過程。

我不只一次懷疑自己。

每次懷疑的時候，我會想起那個晚上，我向一個我很敬重的人說了當作家的夢想，尋求他的看法，他語重心長地說：「我覺得，當作家這種事，不是一種職業的選擇，那是一種運氣，妳要有那個運氣才行。」

我知道對方的意思，他是為我好，怕我走偏了，為了夢想窮苦一輩子，但也非常傷心，非常。

時報文學獎頒獎典禮那天，我全家都出席了，我穿了一件盛重的洋裝，比起其他穿著牛仔褲來領獎的得獎人，我好像是來結婚的，連我的小阿姨都在台下熱烈地鼓掌，唸到我名字時，她在走道中間跑來跑去，要我站好，用各種姿勢拿著獎盃拍照。

我記得有次出書，我媽媽每天都跑去不同的書店，買一本我的書。「這樣妳的書，書店每周都會進貨。」她用一種很專業的口氣跟我說。而我的爸爸，跑去家裡旁邊的金石堂，他挺著胸，大聲地跟店員說，「你好，請問有沒有一本書，叫做《你那樣愛過別人了》，我要買，《你那樣愛過別人了》。」

當爸爸一個字一個字地唸著書名時，我害羞地跑到書店外面去了。

我還是寫，用僅存的一點點時間寫，各種文類也都試試看，我去買了一個平板電腦跟藍芽鍵盤，好讓我可以不用等待漫長的開機時間，可以在下班坐捷運時或是孩子跟先生去洗澡時，就多少寫一點。我知道此生能成為一個有才氣跟名氣的作家，那是運氣，可是我跟我的平板電腦，都想相信自己的運氣很好。

*

我也漸漸把重心移回我所擁有的。

比如說，我的下巴左側，有顆凸起來的痣。

這幾天，我從網路上看到一家皮膚科醫生，上傳了一系列除痣的影片，我興奮不已，急著想去除痣。

但那家診所在桃園。

我有點害怕，於是遊說彼得跟我一起去，彼得的手上有一個癬，一直沒好，我說，「走吧，我們一起去，把討厭的東西除掉。」

彼得當時坐在馬桶上，「桃園嗎？」他問，「台北沒有診所可以做這件事嗎？」

我不管三七二十一拼命遊說，一邊給他看網路的評論，他便說好，我立刻預約看診，兩個人。

現在回憶起來，過程滿奇妙的。

我們兩人，好像要去郊遊似地，特別坐了高鐵，依照地圖指示，去看醫生。

醫生是個很年輕的人，我在診間還認真地研究了他掛在牆上的醫生執照，接著醫生說，我的痣不是痣，是凸起的疤痕組織，彼得的癬不是癬，是一坨死皮。

治療方式都一樣，就是電燒，醫生問，「現在就可以手術，誰要先？」

彼得立刻說他要第二個，我便換好手術衣，躺上手術台。電燒的過程很快，我一直聞到烤肉的味道，相較起來，彼得手臂上的死皮面積比較大，但也是幾分鐘就結束了。

護士小姐叮嚀，接下來的一周，傷口部位會有一些組織液流出來，當組織液太多時，就趕快換新的人工皮。

接著我倆便貼著黃澄澄的人工皮離開，夫妻倆手挽著手，帶著一大一小的傷口，光榮回到台北。

彼得的組織液超多的。

還沒到家，他的人工皮已經布滿白白的膿汁，我說，「你真的是組織液男。」

他很驕傲，看著自己的手臂，露出微笑。

回到家，羅比則是看著我們的傷口，淡淡地表示：「我要吐了。」

接下來的幾天，我們就在剪人工皮貼人工皮撕人工皮的過程度過，我的痣漸漸變成粉紅色的印子，有一天，我緊張地說：「糟糕！我忘記貼人工皮了！」

我趕忙貼上人工皮，但傷口已經乾涸，變成粗粗的皮，有點凸起，沒有組織液。

我：「怎麼辦？是不是要摳掉那個硬皮，看看怎麼樣？」

彼得熱心地說：「不然，我分一點組織液給你用？我這邊還有很多。」

謝謝你願意分我組織液，這段路，我這麼傷心，幸好有你也分了一點過去。

*

要理解傷害的起源，不僅要問傷害是如何產生的，還要問那傷心為何持續了那麼久。

失去孩子的最初一段時間，我覺得自己很像一台坦克車，外殼堅硬，裝備嚴密。窗戶很小，看不到外面的風景，我除了保護自己以外，完全沒有注意外面的變化。

失眠的時候，我很害怕；回去工作，我也害怕；羅比生病，我就想著自己會不會一不小心就失去他。

心情也是，有時候沉甸甸的，很容易就跑到很低的地方去。像是今天，什麼也提不起勁，胸口好像有一顆龍眼卡著，這時候的我，什麼都沒有辦法做，只能哈哈哈地吹著氣，活著大概就是有這樣子的時刻吧，我只能盡量轉移焦點，把艱難的心情熬過。

怎麼做呢？

村上春樹曾經寫過一段新婚賀詞，「恭喜妳結婚了。我也只結過一次婚，因此對於結婚這件事並不太清楚。結婚這種事，好的時候非常好，不太好的時候，我每次都想一點別的什麼事情。不過好的時候，非常好。但願妳有很多好的時候，祝妳幸福！」

不太好的時候，想一點別的什麼事情。像是我很喜歡泰式料理，也喜歡泰式按摩，傷心的時候，我就轉頭，用這個二連發填滿我的生活。

公司附近，新的百貨公司開幕了，我對於百貨公司並不熱衷，但看到好多人喜滋滋地走進去又走出來，對各種商家指指點點的笑著，就覺得生命力在我面前展現。

我花了一些時間坐在百貨公司前面看。

直到那傷心被沖到遠一點的地方，我又看到了一些好的時候。

*

原本嚴重的失眠問題，居然因為一本書而有了轉圜餘地。

在網路上看到一本書，很紅，我買了以後，覺得裡面廢話很多，每次只要看一兩篇，我就非常想睡。

每個夜裡醒過來，我就打開那本書，看看他又說了什麼無關緊要的事情，接著就很睏了，好幾個晚上，我都醒過來又昏睡過去，真是無比感恩。

我是不會把書名說出來的，因為我真的真的很感謝作者，他是神賜給我的，讓我終於找到方法睡滿六個鐘頭。

不過這一兩天，這本書又沒效了。可惡，這個無病呻吟的作者，不知道發生什麼事情，書寫到一半，文筆居然莫名其妙地變好了。

*

有一次去台南出差的時候，坐上一台計程車，那司機問我從哪裡來，他愉快地抓著方向盤慢慢地迴轉，一邊跟我說，「我這輩子從來沒有去過台北喔。」

「啊，真的嗎？」

從後照鏡，我看到司機的表情，那裏面沒有遺憾，他很高興地告訴我：「對我來說沒關係啊，因為我最喜歡的地方就是台南了。」

年輕時的我，很容易將事件區分為哪些對我是好的，哪些是不好的，但這種區分，到頭來沒有太大的意義，走到生命的中段時期，我瞭解到，人生並不只是只有出生，成長，成功，健康，歡樂和勝利而已，還有損失，失敗，疾病，年老，衰敗，痛苦和死亡。生命是一個整體性概念，所有的事件都有其必要的位置和功能，我獲得的禮物，我所受的傷，這些一連串發生的內容，背後都暗藏了一個展開的過程，我可能永遠都無法理解所有的意涵，但或多或少我還是感受到了一些。

我花了一段時間才想明白：原來人生這麼累，都是我搞出來的。

這幾年，求學、工作、成家、生子的這段日子，我追求了很多東西，到手以後卻不確定那些是不是我要的，那種感覺好像球傳到我手上，我突然發現自己不知道怎麼投籃似的，我不願停下來，只好假裝，跑來跑去，打一場，很多場，焦頭爛額，不知道為何而戰，也不能預期何時結束的比賽。

因為這場經歷，一個紫黑色的嬰兒，一動也不動地躺在我的懷裡，我的過去幾十年，突然如一班列車走了，我站在一旁發楞，我是誰？我為什麼在這裡？我在幹什麼？

生命等著我回神，直到我明白，原來，我留下來，我能以這樣的方式留下來，並不是一件壞到無可挽回的結果。

有天我在想，過去我以為人生裡面那個值得奮鬥的價值，我所相信的理想圖像，或許已經淡了，我一直重新在框線裡面努力塗色，並不能造出更多意義。或許，人生給了我一擊，是要我從那虛構之中站起來，重新再架構一個假設。孩子死去的那一天，我確切地感受到有一部份被挖空，不只是身體，而是自己的信念居然底下沒有地基。但是，一年過去，我想我可以說，事後看來，沒有什麼比空洞更自由了，真的，在空洞裡面，什麼都沒有，你認為自己是誰？你在乎什麼？你選擇什麼？你要怎麼做？當我放棄了角色扮演，連基本的欲望都不見了。

原來所謂成就，所謂幸福，不是龐然大物，不是煙火表演，也不是兩千公斤的恐龍。成就用一眼看不清楚，幸福的感覺也沒有什麼過癮，更像一瓶白開水，插了一支吸管，一次一小口，味道很淡，可以分很多次喝。

然後悲傷也是。

這個世界很真實，不會持續用美好與純真的假象來愚弄你，受傷的那一刻，和之後的那一段日子，是人類驗證自己的觀點程度深淺，最佳的時刻。傷害的出現，有時是提醒你，過去那樣行不通，別再那樣浪費人生。「我不應該受傷。我不應該受苦。」這個思考是對現實的扭曲，只會讓受傷更加痛苦，而只要抗拒受苦，悲傷的過程就會更加漫長。

寫這段文字時，我的左眼正因為針眼腫得不像話，三歲的兒子跑進臥室，他伸出一根食指，語帶指責地說：「媽媽，妳就是因為躺著打電腦才會這樣，你看我，我做什麼都站著，」羅比貼著牆壁站得直挺挺的，向我保證：「這樣站，眼睛會變很好，整個人都會變好。」

雖然帶著一點荒蕪，人生還是可以走下去。

因為人生注定是要超過那片荒蕪的。

我將這句話，當作這本書的最後，那是我最近強烈感受到的一件事情。

後記

我想藉著這本書，感謝很多人。

謝謝吳孟宗醫生，他是順利接生羅比的醫生，也是第一個發現孩子心臟有問題的人。謝謝陳益祥醫生，他是小兒心臟外科醫生，我會診時，他說，妳好好足月生下來，這是我的電話，打給我，我可以修好。謝謝施景中醫生，一路陪著我做檢查，做出正確診斷，把我救了回來，發現染色體異常時，他可以等我回診看報告，但他沒有等，他想辦法找到我的臉書，半夜傳了簡訊給我。謝謝蘇怡寧醫生，他替我引產，終止寶寶心跳，在我哭的時候大聲對我說，勇敢面對，妳要面對。

謝謝我的家人，我的爸爸媽媽一直找各種理由，跑到家裡來看我，我知道他們很捨不得，可是什麼都沒有說。我的婆婆一聽到要引產就在電話裡哭了，我的公公去廟裡求，我的妹妹替我做了很多事，住院的時候買了小時候我喜歡的巧克力，幫我帶了厚厚的襪子，我的小姑也一直問我需要什麼，最後買的滴雞精到現在都還沒有喝完。

謝謝彼得，他要在這件事情上保持鎮定並不容易，他站在第一線照顧我，連我自己都知道這是一件很困難的事情。

謝謝羅比，他跟老師說，我是哥哥，只是我妹妹死掉了。他用一種很正常的方式說出來，我覺得有時候，他做得比大人還要好。

我想特別謝謝我的編輯貝莉，她幫我出了這本書，沒有她，我不會把這件事寫出來，我也不知道怎麼寫。

謝謝同事跟老闆，我的朋友們，還有一些沒見過面的網友。

最後有一件事想說。一個月前，我又再度懷孕，然後流產了。

這次的過程很快，我在驗孕棒上看到了兩條線，過了一周，又沒有了。

這件事連我的先生都不知道，我沒有告訴別人，自己暗暗高興了幾天，失落了幾天。我本來打算誰都不說，想了想還是決定寫出來。因為，如果有人在你受傷時，告訴你，悲慘的事情只會發生一次，別傷心，下次就不會這麼倒楣，而你也這樣相信，其實是不好的。

因為不順利的事情，會在人生中一而再再而三出現，失望也會一天比一天加深。我自己覺得，作為一個人，尤其是已經受過傷的人，能跟不順利一起相處，而不是老死不相往來，是比較理想的心態。

如果你正在傷心，請珍惜自己，誰傷了你的心並不重要，把重心放到那些期待著你，等著你好好活下去的人身上，這世上你能活著，能有機會留下來，都已經是天大的好消息。

我想我現在有資格告訴你這樣的事情。

茵山外 03

我所受的傷

作者：葉揚
責任編輯：賀郁文
設計：許慈力
排版：黃畇嘉
校對：林芝

出版者：大塊文化出版股份有限公司
台北市 105022 南京東路四段 25 號 11 樓
www.locuspublishing.com
讀者服務專線：0800-006689
TEL：(02)87123898 FAX：(02)87123897
郵撥帳號：18955675
戶名：大塊文化出版股份有限公司
法律顧問：董安丹律師、顧慕堯律師

總經銷：大和書報圖書股份有限公司
地址：新北市新莊區五工五路 2 號
TEL：(02) 89902588　FAX：(02) 22901658
製版：瑞豐實業股份有限公司
初版一刷：2019 年 04 月
初版四刷：2021 年 03 月
定價：新台幣 350 元

我所受的傷 / 葉揚作 . -- 一版 .
-- 臺北市 : 大塊文化 , 2019.04
面；　公分 . -- (茵山外 ; 3)
ISBN 978-986-213-967-7(平裝)

855　　　　108002342